KB206701

행복이
이렇게
사소해도
되는가

일러두기

✳

이 책은 2015년 유월에 출간된 저자의 책,
《너에게 행복을 줄게》의 확장판입니다.
기존에 수록되었던 글과 그림 중 일부를 고르고,
쉰한 편의 새로 쓰고 그린 글과 그림을
하나의 책으로 묶는 방식으로 완성했습니다.

나를 수놓은 삶의 작은 장면들

행복이
이렇게
사소해도
되는가

강진이 지음

수오서재

내 작업실 책꽂이 맨 위 칸에는 세월이 묻어나는 크고 작은
노트가 줄지어 꽂혀 있다. 나이를 먹은 만큼 한 해 한 해 함
께 길어지고 있는 일기장들이다. 그 긴 줄은 초등학교 4학
년 때 겨울방학 숙제로 썼던 일기부터 시작한다. 사춘기 때
마음을 간지럽혔던 시들을 옮겨 적었던 비밀 일기는 대학
시절을 지나며 그림 작업 일지로 가득 채워졌고, 연애를 할
때는 사랑하는 사람에 대한 마음으로 빼곡했다. 결혼하고
아이를 낳고 키우며 썼던 태교와 성장 일기들, 그리고 나 자
신과 그림, 신앙과 미래에 대해 써 내려갔던 수없이 많은 일
기까지, 머리가 시킨 일이 아니라 당연히 손이 해야 하는 일
인 양 버릇처럼 기록했고 습관처럼 그랬다. 언제부터였는
지는 모르겠다. 하지만 기쁘고 행복한 감사의 시간뿐 아니
라 힘든 순간도 괴로운 날들도 내게는 모두 기억하고 간직
해야 할 선물 같은 순간이었다.

화가를 꿈꾸던 아이였고 그림책 작가가 되고 싶었던 미대

생은 두 아이의 엄마가 되었고 그렇게 시간은 계속 흐르기만 했다. 매일을 산다는 것만으로 때로는 벅찼던 날에는 "그림을 그릴 때만 온전히 살아 있음을 느낀다고, 그림 그릴 때 가장 행복하다"고 말하던 그때의 내가 그리워지기도 했다. 그럴 때마다 일기장 귀퉁이에 스케치하고 메모하듯 그림을 그렸다. 어쩌면 나를 잃고 싶지 않다는 내면의 몸부림 같은 것이었는지도 모르겠다. 문득 그림을 완전히 잃어버릴까 두려워졌을 때 다시 붓을 들었다. 책상 한구석에 펼쳐놓은 캔버스에 그동안 적어둔 일기장 스케치들을 하나하나 그림으로 옮기기 시작했다. 가족 이야기를 그리며 행복했다. 어릴 적 기억을 더듬어 추억을 수놓으며 평화로웠다. 그렇게 작은 캔버스에 그린 그림들은 차곡차곡 쌓여갔다. 어느새 모인 그림들로 전시를 시작하고 책도 출간하며, 그렇게 그림을 그려온 지도 어느덧 십여 년이 흘렀다. 책상 한구석에서 시작했던 나의 그림 세계는 이제는 방 하나를 작업실로 쓸 만큼 커졌다.

요즘은 자수 작업도 그림 못지않게 많이 한다. 타국에서 보내야 했던 신혼 생활의 외로움을 달래기 위해 시작한 수놓기였는데, 시간을 거듭하며 여러 시도 끝에 물감을 쓰듯 색실을 써보고 싶다는 생각에 이르렀다. 그래서 그림으로 먼저 스케치한 후 색을 칠하듯 실로 수놓는 방식으로 작업한다. 그림으로 그리고 싶은 이야기가 있고 자수로 수놓고 싶은 이야기가 있다. 작업 방 한쪽 자수 작업대 위에는 실이 꿰인 바늘이 꽂힌 채 늘 작품이 진행 중이다. 긴 시간이 필요한 자수는 집안일 하는 사이사이에 틈틈이 할 수 있어 더욱 좋다. 작업 방엔 수틀을 놓고 사용하는 자수대와 글을 쓰는 노트북이 놓인 책상, 다른 쪽에는 작은 이젤을 놓고 쓰는 책상과 큰 고정 이젤이 있다. 이 꽃 저 꽃 옮겨 다니며 꿀을 모으는 꿀벌처럼 방 곳곳에 놓인 작업대를 옮겨 다니며 그리고, 수놓고, 글 쓰며 시간을 보낼 때 나로서 충만한 행복과 감사를 느낀다. 화가를 꿈꾸던 어린아이가 이제 꿈을 이루어 화가가 되었다. 그 무엇보다 그림 그리느라 바쁘지 않냐는, 요즘은 어떤 작업 중이냐는 이야기를 먼저 듣게 되는, 작업을 빼놓고는 아무 말도 할 수 없는 지금의 내가 되었다. 그 사실이 참 좋고 안심이 된다. 붐비지 않는 평일 미사를 드리고 난 후 가끔 컵 초에 불을 밝혀 성모님 품에 안겨 계신 아기 예수님께 봉헌한다. 지금 이 순간의 감사를, 부족할지라도 내가 늘 한결같을 수 있기를 간절히 청한다.

첫 책이 나올 무렵 사십 대 중반이었던 나는 어느덧 오십 대 중반이 되었고, 사춘기였던 두 딸도 이제 어엿한 사회인으로 성장했다. 전작이 두 아이를 낳고 한 가정을 꾸리며 느꼈던 소소한 일상에 대한 가족 이야기가 중심이었다면 그 이후의 작업들은 나의 어릴 적 이야기가 주를 이루었다. 그래서일까. 내게는 삶의 장면들이 사진처럼 담긴 두툼한 앨범 같기도 하다. 아기가 태어난 기쁨에서 할머니의 슬픈 죽음에 이르기까지 작품 대부분 지나간 시간을 추억하고 회상하며 그리고 수놓은 것들이다. 보고 싶은 사람, 행복했던 순간들은 늘 우리 마음 안에 있다. 삶에 휩쓸려 살아내느라 잠시 잊고 있을 뿐.

책의 제목인《행복이 이렇게 사소해도 되는가》는 편집자의 제안이었다. 내가 지금껏 그려왔던 이야기들을 하나의 문장으로 설명한다면, 오은 시인의 시구이기도 한 이 문장이 될 것 같다고 말이다. 나는 언제나 일상의 소소한 기쁨과 즐거움을 그려왔다. 내 삶이 전부 행복만으로 채워져 있는 건 아니지만, 그림을 그릴 때마다 나는 언제나 내 기억 속 행복한 시간들을 그려갔다. 그러면 새삼 내가 얼마나 행복한 사람인지, 붙잡고 싶은 행복들이 얼마나 자주 내 곁을 찾아왔는지 깨닫곤 했다. 그렇기에 제목이 마음에 들었다. 이 자리를 빌려 귀한 시구를 책 제목으로 쓸 수 있게 흔쾌히 허락해주신 오은 시인에게도 깊은 감사를 드린다.

작업 과정에서 가족의 도움이 늘 함께했다. 누구보다 제일 먼저 글을 읽어주는 남편, 새로운 작품을 보며 감탄으로 응원하고 가끔 도움이 되는 쓴소리도 해주는 딸들, 부지런히 반찬 만들어주시며 힘껏 응원해주는 엄마, 전시 때마다 찾아주시고 묵묵히 응원해주시는 시부모님. 늘 작업을 우선할 수 있도록 배려하고 지원해주는 가족 모두에게 사랑을 담아 감사 인사를 전한다. 8년 만에 새로운 모습과 내용으로 그간의 이야기들을 전할 수 있어 기쁘다. 나를 수놓은 삶의 작은 순간을 붙잡아 그림을 그리고 수놓았다. 내가 만났던 잔잔한 기쁨과 행복이 독자분들의 삶에 잘 가 닿기를, 어딘가에서 발견되기를 기다리고 있을 당신의 앨범도 함께 펼쳐보며, 행복이 이렇게 가까이 있음을 온 마음으로 느낄 수 있기를, 이것이 지금 나의 유일한 바람이다.

2023년 봄에, 강진이

차 례

1부

행복이 이렇게 사소해도 되는가

2부

내 마음 환해지는 기억들이 있다

3부

이런 사랑, 이전에도 있었는지
가물거릴 때쯤

4부

우리는 그렇게, 그렇게 살아간다

✳

아이야, 행복에 특별한 조건을 달지 말렴.

이것만 있었어도, 이것만 없었어도.

삶이 힘겨울 때도

뭔가 비범하고 대단한 해법을 찾지 말렴.

공기와 물처럼, 나무와 바람처럼

소중한 것은 언제나

평범하기 그지없는 것들이란다.

행복이 이렇게
사소해도 되는가

별이 빛나던 여름밤

이른 저녁을 먹은 탓에 입이 슬슬 허전해질 무렵, 돗자리를 옆에 낀 까까머리 고등학생 삼촌 뒤를 따라 나와 동생은 옥상으로 오르는 철 계단을 더듬더듬 조심조심 올라갔다. 난간을 잔뜩 힘주어 잡은 손바닥에 송골송골 땀이 맺히고, 마지막 발걸음을 뗄 옥상에 도착하면 시원한 한줄기 밤바람이 나를 흔들었다.

고개 들면 눈에 가득 들어오는 동네 풍경. 옥상 한가운데 삼촌이 돗자리를 깔고 벌러덩 누웠다. 골목에 서 있는 가로등 불빛이 희미하고 까만 하늘에 점점이 뜬 별들은 시간이 지날수록 하나둘 더 많이 내 눈에 들어와 박힌다. 쏟아지는 무수한 별 중 보석 같은 내 별 하나 찾아내어 온 마음으로 바라보았던 순간. 그 영롱한 신비로움은 내 안에 또 하나의 우주를 만들어냈다.

한참을 그렇게 별과 마주해 뒹굴뒹굴하다 보면 고모할머니가 솥에서 막 꺼낸 삶은 옥수수를 갖고 오셨다. 체한다고 앉아 먹으라는 할머니 말씀을 귓등으로 듣고 벌렁 누운 채 먹던 옥수수 맛. 지금도 입안에서 느껴질 만큼 맛이 깊었다.

그날 옥상에 누워 바라본 밤하늘은, 별빛은, 우리 모습은 그렇게 아름답게 내 삶에 수놓아졌다. 별이 빛나던 여름밤에.

수박화채

머리 꼭대기에 해를 얹고 온 동네 골목을 뛰어다니며 놀다가도 얼음덩이 사 들고 집으로 들어가시는 외할머니 뒷모습만 보이면 신이 나서 따라 들어갔다.

마당 평상 위에 옹기종기 둘러앉아 엉덩이를 들썩거리고 있으면 할머니는 막 씻어 물방울이 맺힌 커다란 수박을 쟁반 위에 놓고 반으로 쩍 갈랐다. 빨간 속살을 숟가락으로 떠서 양푼에 담고 하얀 껍질이 보일 때까지 박박 긁어모은 수박 국물도 붓고, 칼끝을 망치로 톡톡 내리쳐 깬 얼음덩어리 띄워 하얀 설탕 한 숟가락 넣고 휘휘 저어주면 수박화채 완성.

다들 평상 위에 둘러앉아 한 그릇씩 가득 받아 입도 손도 옷자락도 빨갛게 수박 물을 들이며 먹던 그날의 맛. 투명하고 맑은 얼음 한 알을 입에 넣은 것처럼 지금도 그 여름이 쨍하게 떠오른다.

완벽한 어느 하루

낮에 국수를 해 먹었다. 멸치다시 국물에 호박, 당근, 양파를 채 썰어 넣고 간을 맞춘 후 마지막에 달걀 풀어 색과 영양을 더했다. 펄펄 끓는 국수를 건져 찬물에 헹구는데 주방 가득 모락모락 퍼지는 하얀 김을 보려고 아이들이 조르르 달려와 앞에 섰다. 능숙하게 국수를 치대며 헹구는 모습을 신기하게 바라보는 아이들.

의기양양하게 국수를 헹구고 한 줌 집어 물기를 뺀 국수를 아이 입에 넣어주었다. 이때 먹는 국수가 가장 맛있다는 걸 나는 알고 있다. 어느새 둘째도 입을 벌리고 기다리고 섰다. 새끼 제비 두 마리처럼. 소파에서 큐브 맞추기 삼매경이던 아빠 제비는 이 광경을 놓치지 않고 흐뭇하게 바라보다 외친다. "나도, 나도!"

가족이 둘러앉아 후루룩후루룩 국수 한 그릇 말아 먹으며 보내는 휴일 오후. 마음속으로 오늘 하루 제목을 붙여보니 '빨주노초파남보', 일곱 빛깔 무지개만큼이나 완벽하다.

행복이 이렇게 사소해도 되는가

딸아이 방을 노란색 벽지로 도배해주었다. 이사 갈 빈집을 구경하러 왔던 날, 처음 갖게 된 자기 방이라고 뛸 듯이 좋아하며 무릎을 꿇고 방바닥에 입을 맞추던 딸. 앞으로 방 정리는 자기가 다 할 거라는 성급한 다짐도 했다. 이제는 익숙해져 편안하기만 한 이 방 안에서 딸아이는 어떤 꿈을 꾸고 있을까?

처음 갖는 내 공간, 처음 갖는 내 방, 처음 갖는 내 책상. 어느 시인의 말처럼 '행복이 이렇게 사소해도 되는가?'* 묻고 싶은 순간이 참 많다.

*오은, 〈사우나〉 중에서

별 밤

"여긴 별이 진짜 많아. 아빠랑 봤던 강원도 산골짜기까진 아니지만. 아, 거기 진짜 좋았는데. 차 한 대가 겨우 지나갈 좁은 비포장도로에서 라이트를 끄고 차를 세워놓고 올려다보던 그 밤하늘. 별이 쏟아져 내릴 것처럼 찬란했고, 조금은 압도되기까지 했던 밤하늘. 아빠와 둘이 여행을 많이 다녔지만 그만큼 선명하고 또렷한 기억은 없는 것 같아. 가만히 있으면 물소리가 들려왔던 청계산 밑이랑 또 파란 하늘과 파란 바다, 새하얀 모래 위에 갈색 말이 있던 경포대 바닷가랑, 생각해 보니 참 많네."

기숙사가 있는 고등학교로 내려가던 날 작은아이가 가족에게 주고 간 편지. 아이의 마음속 도화지에 그려진 여행의 추억들을 아이는 야금야금 꺼내 먹을 것이다. 그렇게 위로받고 또 추억하며 자신의 길을 걸어갈 힘을 얻게 되겠지.

흰머리 뽑던 날

안방 한가운데로 볕이 가득 들어차는 날이면 조그만 낮잠 베개를 베고 누운 외할머니의 흰 머리카락을 뽑았다. 철부지 내게 할머니의 흰 머리카락은 양 볼 부풀려 불던 달콤한 풍선껌 같았다. 족집게로 꼭 집어 올리면 쏙 뽑히는 머리카락. 힘없이 빠지는 흰 머리카락들은 동그란 거울 위에 잡초처럼 붙여두었다. 여덟 살 땐 한 개에 십 원, 열 살 땐 열 개에 오십 원. 내 작은 손이 족집게에 익숙해질수록 할머니 머리 위 흰 눈은 더 많이 쌓여갔다. 족집게로는 미처 잡을 수 없었던 시간이 속절없이 흘렀다.

얼마 전 거울에 비친 내 모습에서 할머니 머리에서 골라내던 흰머리를 발견했다. 뽑을까 말까 망설였다. 어떤 마음이었는지는 모르겠다. 세월을 비껴가는 사람은 누구도 없을 텐데….

이제 외할머니에게는 검은 머리카락이 한 올도 남지 않았고, 오랜 치매로 기억도 한 올조차 남아 있지 않다. 그때 방바닥에서 할머니와 함께 누워 뒹굴뒹굴하며 보낸 시간은 내게만 남아 있지만, 여전히 그날의 봄이 우리를 감싼다.

주목을 수놓으며

어릴 땐 크리스마스트리가 세상에서 가장 예쁜 나무라고 생각했다. 그림책이나 영화에서 꼬마전구가 반짝이며 주변을 환하게 하는, 아름다운 장식의 크리스마스트리를 볼 때마다 가슴이 뛰었다.

늦가을, 말간 주홍색 열매가 가득 열린 주목을 보니 빨간 구슬 장식이 달린 크리스마스트리를 닮았다는 생각이 들었다. 언젠가 주목 가지에 겹겹이 앉아 열매를 쪼아 먹던 참새들이 일제히 날아오르는 바람에 그 옆을 지나다 소스라치게 놀란 적이 있다. 달고 맛있어서 동물들이 좋아하는 주목 열매는 새들에게 귀한 먹거리다.

창이 큰 카페에서 차를 마시며 주목을 들락날락하는 참새를 한참 동안 바라보았다. 관심 기울이니 곳곳에 주목이 생각보다 많았다. 깊어져 가는 가을, 빨간 열매가 보석처럼 열린 주목을 천에 수놓으며 흰 눈 내리는 겨울의 행복을 미리 맞고 있다. 수놓는 동안 크리스마스를 기다리는 아이 마음이 되어 내내 설렌다.

반가운 산책길

달님이와 함께 바스락거리는 햇살 속을 산책했다. 신난 강아지는 같은 장소도 늘 처음인 양 여기저기 냄새를 맡고 다닌다.

소철 나무를 타고 오르는 빨간 잎사귀를 휴대전화에 담느라 여념이 없으신 수녀님의 뒷모습이 눈에 들어왔다. "자세히 보아야 예쁘다. 오래 보아야 사랑스럽다. 당신도 그렇다." 나태주 시인의 시구처럼 그저 열심히 줄기를 올리며 자라는 빨간 잎을 사랑 가득한 눈길로 바라보는 수녀님이 한 폭의 그림처럼 정답고 아름다웠다.

조심스레 다가가 그 모습을 내 카메라에 담았다. 그 소리에 놀라 돌아보신 수녀님이 환히 웃으셨다. 수녀님 모습이 너무 고와서 실례를 무릅쓰고 찍었다고 하니 한 번 더 수줍게 웃으신다. 베일 아래로 살짝 보이는 하얀 머리가 반짝인다.

눈부신 오후에 누리는 여유로움에 감사하다. 잠깐의 산책도 마지막인 듯 최선을 다해 즐기는 강아지 달님이에게, 서로 믿고 의지하며 무럭무럭 힘을 내 자라는 빨간 담쟁이에게, 풀 한 포기를 사랑으로 바라보는 수녀님에게 나도 사랑의 마음을 보낸다. 이 순간, 오늘은 오늘밖에 없다는 사실을 깨우치며 새로운 희망이 샘솟는다.

할머니의 시간

외할머니를 뵈러 갔다. 쾌청한 하늘은 눈부셨고, 네 분의 어르신이 있는 요양원 방은 정갈했다. 창가 쪽 자리에서 할머니는 입을 반쯤 벌린 채 눈을 감고 누워 계셨다. 오래전, 할아버지 부음을 듣고 외가에 갔던 일이 떠올랐다.

고운 한복을 입고 누워 계신 할아버지는 그저 주무시는 듯 보였다. 침대 위 할머니를 보는데 그때의 할아버지 모습이 그려져 순간 놀랐다. 그만큼 할머니는 삶보다 죽음에 가깝게 계신 것일까. 침대를 비스듬히 세우고 할머니를 보았다. 초점 없는 눈, 그나마도 눈꺼풀이 무거운지 자꾸만 감겼다. 할머니는 숟가락이 입으로 가면 반사적으로 음식을 받아드셨다. 엄마 젖을 찾아 젖꼭지를 무는 아기처럼. 할머니 손을 만지작거려본다. 꽃무늬 이불을 들춰 발도 만져본다. 석고처럼 딱딱하고 하얗고 차갑다.

죽음은 할머니의 시간 속에 스며들어 고장 난 시계 같은 모습으로 오늘을 살게 한다. 창밖 세상은 따뜻한 생명력으로 여전히 푸르기만 하다.

안녕

돌아가시기 전날도 의식 없이 깊은 잠에 빠져 계신 외할머니 발만 만지작거렸다. 입관 예절이 시작되고 할머니를 덮고 있던 얇은 천이 걷히자 나란히 왼쪽으로 기울어져 드러난 할머니의 두 발. 그만 참고 있던 눈물이 터져버렸다. 이제 영영 할머니의 발을 만질 수 없겠구나. 안 되는 걸 알면서도 뵈러 갈 때마다 할머니의 마른 발을 주무르며 바로 세워보려 했다. 할머니와 엄마 그리고 나는 발 모양새가 똑 닮았다.

삼우제를 마치고 엄마와 함께 할머니 옷가지를 정리하면서 하늘색 장미가 수놓아진 덧버선 하나를 챙겨 왔다. 바닥에는 미끄럼 방지 고무가 점점이 붙어 있고 한쪽 귀퉁이에 천으로 꿰맨 이름표도 달려 있었다.

참 오랜 세월을 슬픔과 그리움, 아픔을 견디며 사신 우리 외할머니. 이제 그 모든 고통에서 벗어나 사진 속 모습처럼 환하게 웃으며 지내시기를, 우리가 얼마나 할머니를 사랑하는지 생생히 기억하고 계시기를.

오월의 찬가

후드득후드득, 기분 좋은 빗소리에 아침잠에서 깼다. 오랜만에 내리는 비가 몹시 반가워 창밖을 기웃거리다 맘먹고 집을 나섰다. 일상 탈출이 간절할 때면 무작정 버스에 오른다. 물 한 병과 책 한 권, 작은 스케치노트가 내 여행의 동반자다.

버스가 달리기 시작하자 내 가슴도 요동쳤다. 창밖으로 보이는 빗물 머금은 세상은 눈물이 핑 돌 만큼 아름다웠다. 힘껏 팔을 뻗어 작은 떨림으로 비를 맞이하는 나무들, 찬가라도 부르듯 힘차게 흐르는 개천, 비를 맞아 또렷하고 다채롭게 저마다 빛나는 풀잎들. 승객이 별로 없는 조용한 버스 안에서 이어폰을 귀에 꽂고 베토벤의 피아노곡을 들으며 오월의 거리를 만난다. 지금 이 순간은 하느님께서 선물한 축복이다.

딱히 목적지가 없던 터라 화방으로 향했다. 제비뽑기라도 하듯 마음 내키는 물감을 몇 개 고르고, 돌아오는 길에는 산자락에 낮게 드리워진 구름도 카메라에 담았다. 새로 그릴 그림도 떠올린다. "나는 화가가 되는 것 이외에 다른 선택의 기회가 없다는 것이 오히려 기뻤습니다"라는 샤갈의 말에 고개를 끄덕여본다. 특별했던 하루, 휴식과 함께 새로운 동력을 얻었다.

작은 일에 기뻐하며 그렇게

캄캄한 밤, 집으로 돌아오는 지친 딸에게 위로가 되고 싶었다. 스웨터 호주머니에 지폐 한 장 찔러 넣고 달님이를 안고 집을 나섰다. 아파트 입구에서 서성이다 조금씩 발걸음을 옮기니 어느새 버스정류장까지 도착했다.

책가방을 메고 처진 어깨로 자박자박 걸어오는 아이. 우리를 발견하고는 빙긋이 웃으며 걸음을 재촉한다. 그렇지. 저 미소를 보려고 이 길을 나섰지. 가방을 들어주겠다는데도 무거워서 안 된다며 굳이 메고 있는 아이. 다 컸다, 우리 딸. 출출하기도 하고 참새가 방앗간을 그냥 지나칠 수 없으니 분식 트럭을 찾았다. 떡볶이와 어묵, 뜨끈한 국물을 호호 불어 호로록 넘긴다. 아이와 함께하는 이 시간이 참 행복하다고, 순간을 붙잡아본다.

만개한 목련 주위가 환하다. 아이의 밝음을 마주하니 내 피로도 눈 녹듯 사라진다. 힘들고 지치기도 하겠지만, 하루하루 다독거리며 가자. 그래, 욕심부리지 말고 작은 일에 기뻐하며 지금처럼 웃자.

지하철을 타고 함께 가는 길

지하철을 타고 미술관에 간다.
두 아이를 예쁘게 입히고
나도 한껏 멋을 부려봤다.

양손에 두 아이 손을 잡고 걷고 있노라면
세상을 다 얻은 것처럼 가슴이 벅차오른다.

양손에 행복을 거머쥐었는데
조급할 것이, 불안할 것이,
후회할 것이 무엇이냐고 스스로 묻는 시간.

그 어느 때보다 함께 있다

집에서 15분 거리의 청계산 등산로 입구에 있는 휴식 장소를 발견했다. 야외활동을 좋아하는 아이들을 위해 휴일 오후 가뿐하게 다녀올 수 있는 우리만의 아지트.

큰 가방 하나에 집에서 먹던 과자들 쓸어 담고, 집 앞 김밥천국에서 김밥 다섯 줄을 포장하고, 마트에 들러 각자 먹고 싶은 음료도 한 병씩. 작은 실개천이 흐르고 제법 굵은 나무 몇 그루가 그늘을 만드는 평평한 땅에 자리를 폈다.

어떻게 알았는지 일찌감치 찾아오는 날벌레들이 반갑지는 않지만, 잠자리채 들고 성큼성큼 개천으로 들어가는 아이들은 어느 때보다 기분 좋고, 요즘 좀 지친 듯 보였던 남편의 뒷모습도 오랜만에 편안해 보인다. 그중에서도 이것저것 제일 많이 먹고 오월 훈풍 나무 아래 달콤한 낮잠까지 즐긴 내가 오늘 이 소풍의 최대 수혜자다.

책 읽는 남편, 그림 그리는 큰딸, 잠자리채로 잡아 온 물고기를 바라보는 작은딸, 낮잠 자는 나. 각자의 시간을 보내며 우리는 그 어느 때보다 함께 있다.

JinE, Kang

아이의 세계

고등학교에 다니는 작은 아이가 해외 이동수업으로 여행을 갔다. 목적지는 영화 〈닥터 지바고〉의 '라라의 테마'가 떠오르는 눈의 나라 러시아와 체코였다. 아이는 친구들과 함께 찍은 사진을 때마다 보내왔다. 기상 알람보다 먼저 울리는 딸의 소식에 미소 지으며 잠을 깨는 요 며칠이다.

오래전 추억 속으로 나도 여행을 떠난다. 꼼지락거리는 딸의 손을 잡고 걸었던, 그 작은 손으로 눈을 뭉치던, 소복하게 눈 쌓인 아파트 사잇길. 이제 아이는 나 없이도 더 많은 눈이 쌓이는 나라에 갈 수 있다. 그곳에서 내가 상상도 못할 크기의 눈을 뭉치며 자신의 세계를 키워가고 있겠지.

여행 경비 때문에 망설이던 딸의 마음을 알고서, 아이의 행복을 위해서라면 우리는 어떠한 노력도 할 수 있다고 생각했다. 신문 칼럼에서 본 오은 시인의 말이 떠올랐다.

"여행을 통해 견문을 넓힌다는 것은 지식을 쌓는 것과는 다른 차원의 일이다. 그 순간 아니면 볼 수 없는 것, 그 현장 아니면 들을 수 없는 것이 존재하는데 그것은 현장에 적극 가담한 사람들에게만 열리는 것이다."

남은 일정도 적극적으로 보고 듣고 생각하고 말하며 자신의 세계를 확장해가는 시간이 되기를 두 손 모아 기도해본다. 용돈이 많이 남을 것 같다며 무언갈 사 오겠다는 아이의

말에 "음…, 여기선 살 수 없는 비싸지 않은 것"이라고 말
한 아빠의 대답도 기억해주길 함께 바라며.

익어가는 것들

파란 하늘 아래 우뚝 선 은행나무가 걸음을 멈춰 세웠다. 빛나는 노란 잎이 작은 바람결에 포르르 포르르 쉴 새 없이 머리 위로 떨어진다. 꽃가루처럼 흩날리는 은행잎 아래 가만히 서 있으니 은은한 종소리가 들리는 기분이다. 울긋불긋 물들어가는 나무들 사이에 서 있던 은행나무는 무대 위 주인공처럼 멋진 아리아를 선물해주었다. 바삐 걷던 걸음을 멈추고 서서 한참을 보았다.

봄에도 여름에도, 겨울을 향해가는 가을에도 자연은 급한 것이 없다. "익어가는 것들은 숨 가쁘게 달리지 않는다"고 박노해 시인은 가을을 노래했다. 노란 잎도, 촘촘한 열매도 이내 떨어져 이리저리 나뒹굴다 흔적만 남겠지만, 짧은 순간을 놓치지 않고 바람을 느끼는 나무는 의연하다. 나도 그렇게 살아가고 싶다. 자연은 서로를 부러워하거나 비교하지 않는다. 그저 제 생긴 그 모습대로 잘 익어가기 위해 매 순간 최선을 다한다는 걸 이제 조금은 알 것 같다.

참으로 안심스러워진다

언제부턴가 분갈이는 봄이 되면 해야 하는 우리 집 주요 행사가 되었다. 겨우내 거실 한쪽을 차지하며 집 안 습도를 조절해준 친절한 아열대 아이들과 베란다에서 덜컹거리는 겨울 추위에도 꿋꿋하게 견뎌준 씩씩한 아이들. 그중 몰라보게 자라 집이 작아진 아이들을 골라 새 흙과 아버님이 주신 낙엽거름을 섞어 넣은 큰 화분으로 옮겨준다.

"흙을 상대로 하는 육체노동은 원초적인 평화와 행복감 같은 게 있다. 무엇보다도 하루가 안심스러워진다"는 박완서 선생님의 글처럼 하루 종일 흙을 매만진 날이면 행복이 충만한 고됨을 맛본다. 아이들도 좋은지 유난히 싱싱하게 반짝이는 잎으로 내게 고마움을 표시하는 듯하다. 오늘 하루도 나는 참으로 안심스러워진다.

무작정 당신이 좋아요 이대로 옆에 있어 주세요
하고픈 이야기 너무 많은데 흐르는 시간이 아쉬워
멀리서 기적이 우네요 누군가 떠나가고 있어요
영원히 내곁에 있어 주세요
이별은 이별은 싫어요

JinE Kang

무작정 당신이 좋아요 이대로 옆에 있어 주세요
이렇게 앉아서 말은 안해도 가슴을 적시는 두사람
창밖엔 바람이 부네요 누군가 사랑하고 있어요
우리도 그런사랑 주고 받아요
이별은 이별은 싫어요

엄마와 나, 고모할머니와 그 딸인 이모, 이렇게 여자 넷이 떠난 여행길이었다. 달리는 차 안에서 할머니가 듣고 싶어 한 신청곡은 임수정의〈연인들의 이야기〉이다. 내가 초등학교에 다닐 때 인기 있던 가요였는데, 의외의 선곡이었다. 할머니는 그 노래를 반 박자 느리게 따라 부르셨다.

이모가 고모할머니의 이야기를 들려줬다. 노랫말처럼 이별이 서글픈 이의 마음이 고스란히 전해졌다. 오랜 시간 치매로 몸도 가누지 못하는 남편을 돌보며 지치실 만도 한데 할머니는 최선을 다해 돌봤다. 배변 실수를 한 남편을 씻기며 눈물로 이 노래를 부르셨다니 짐작조차 되지 않는 깊은 사랑이다.

할아버지가 돌아가시고 몸도 마음도 약해진 할머니를 걱정했다. 하지만 할머니를 가까이서 지켜보며 깨달았다. 할머니는 모든 시간과 만남에 최선을 다하고 정성을 기울이신다는 것을. 여행 중에도 밝은 할머니 모습에 마음이 놓였다. 할머니는 요즘도 이웃과 벗하며 씩씩하게 지내신다.

이따금 먼저 안부 전화를 주시곤 하는데 통화의 마지막은 늘 이 말씀이다. "진이야, 우리 행복하게 살자." 작고 왜소한 할머니가 거인처럼 느껴졌다.

JinE, Kang

보석 같은 물줄기

"애들아, 물놀이하자!"
여름날 한낮 무더위를 몰아낼 수 있는 커다란 물 대야에
온 가족이 마당에 모였었지.
수도를 틀고 엄마가 긴 호스 끝을 눌러 잡으면
투명하고 맑은 물줄기가 소낙비처럼 머리 위로 쏟아졌어.

머리에 쓴 플라스틱 바가지에 콩알이 떨어지듯
타닥타닥, 통통.
요란한 물소리에 더위가 저만치 달아나 버리고
차디찬 수돗물 분수에 아이들 웃음소리는 점점 더 높아갔지.

따뜻한 물이 '위로'라면 차가운 물은 '즐거움'.
시원하게 쏟아지는 물줄기에
무더위도 거뜬히 이겨내며 아이들이 자라나고,
하늘에서 시원하게 쏟아지는 빗줄기에
풀과 나무들도 한 뼘씩 쑥쑥 자란다.
세상 모든 것이 자라는 데 물은 이만큼이나 중요하지.

어릴 적 시멘트를 발라 하얗던 마당이
까맣게 흠뻑 젖을 때까지 물놀이하며 알게 되었다.

햇빛 머금고 보석처럼 쏟아지던 그때,

엄마가 뿌려준 차가운 물은

즐거움이 되어 지금도

내 안에서 메아리치고 있다는걸.

JINE, KANG

시간이 지나야만 깨닫는 것들이 있다

결혼한 지 얼마 되지 않았을 때, 외할머니가 학 무늬가 수놓아진 화문석 돗자리를 선물해주셨다. 감사한 마음으로 받았지만 신혼집 인테리어에는 어울리지 않는다고 생각해 십여 년 넘게 창고 깊숙이 넣어두었다. 결국 곰팡이가 피었고 이삿짐 정리할 때 함께 버릴 수밖에 없었다.

그 죄책감 때문이었을까. 결혼하는 손녀를 위해 선물을 마련하셨을 할머니에 대한 미안함과 그리움으로 자수를 놓았다. 좀 더 빨리 할머니 마음을 제대로 알아주었더라면 좋았을걸. 할머니와 함께 돗자리에 앉아 수박 나눠 먹으며 웃는 추억을 만들고, 봉숭아꽃 물들이며 아이들에게 할머니의 돗자리 이야기도 들려줄 수 있었을 텐데. 못내 아쉬움이 남는다.

언제나 시간이 지나야만 뒤늦게 깨닫는 것들이 있다. 외할머니가 계실 때보다 할머니 생각이 더 난다. 할머니. 할머니가 함께하며 주신 많고 좋은 것들이 제게 있어요. 잘 계시지요. 어느덧, 봄이 오고 있어요.

전부였던 것들

이른 새벽 출근했던 엄마가 집으로 돌아오고,
방바닥에 넓게 이부자리를 펴는 시간.

동생과 이불 위에서 콩콩 뛰며 앞구르기도 하고
우스꽝스러운 춤을 추기도 했다.
한참을 그렇게 신나게 놀다가 이불 속으로 들어가면
동생은 외할머니 옆에서 금세 잠이 들었고
나는 엄마 옆에서 알콩달콩 시간을 보냈다.

목 부분이 터져 하얀 솜이 비집고 나온
빨강 털옷을 입은 인형을 수선해주는
엄마와 눈을 맞추며
어린 가슴이 행복으로 차오르는 순간,

어린 나의 전부였던 것들.

소꿉놀이

친구들과 소꿉놀이하는 걸 좋아했다. 대문 앞 귀퉁이, 장독대에 오르는 계단, 그늘진 나무 아래, 다락방 창가 등 다양한 곳에 돗자리를 펴면 집이 되었다. 깨진 벽돌 조각을 빻아 만든 고춧가루를 잘게 썬 들풀에 섞어 김치를 만들고, 흙에 물을 조금 넣어 밥을 지었다. 내성적인 아이였지만, 소꿉놀이할 때는 재잘재잘 말이 많았다.

나의 두 딸도 소꿉놀이를 즐겨 했다. 아이들이 놀면서 하는 얘기를 가만히 듣고 있으면 빙긋 웃음이 났다. 둘째가 낮잠 자다가 이불에 실수를 한 일이 있었는데 그러면 어김없이 놀이에 그 이야기가 등장했다. 둘이 주고받는 대화를 통해 엄마인 내 모습도 새롭게 보게 되고 아이들이 무슨 생각을 하는지도 엿볼 수 있었다. 거울 같기도 투명한 유리 같기도 한 아이들의 마음을 들여다보며 행복하기도, 더러는 반성도 했다.

오늘 점심은 각자 방 안에서 시간을 보내는 두 딸을 불러내어 어린 시절 소꿉놀이하듯 함께 비빔국수라도 만들어 먹어야겠다. 김치 송송 썰고 고추장으로 새콤달콤 버무려 맛있게.

원피스 패션쇼

쇼핑을 좋아하는 큰아이와 함께 고속버스터미널 지하상가에서 구입한 하늘하늘 가벼운 여름 원피스. 얇고 보들보들한 촉감에, 옷감이 차갑고 똘똘 뭉쳐 놓았다 입어도 모양이 예쁘다는 아줌마의 과장 광고에 힘입어 덥석 세 개를 집었다. 큰아이는 자기 취향대로 물방울무늬를 골랐고 둘째와 내 것은 내 취향대로 체크무늬다. 맵기로 소문난 떡볶이를 먹으며 물배를 채우면서도 모처럼 둘이 보내는 시간이 좋기만 했다. 몸만 훌쩍 큰 줄 알았는데 어느새 마음도 훌쩍 자라 있었다.

집에서 세 여자의 원피스 패션쇼가 펼쳐진다. 남편은 옷이 시원하겠다고 부러워하며 다음번엔 자기 것도 꼭 하나 사오라고 농담하다 말고는 알록달록 우리 세 모녀를 카메라에 담았다.

엄마의 외출

얼마 만의 외출인가. 아이 둘을 남편에게 맡기고 친구들을 만나고 왔다. 그림책 만드는 친구들과 아이들 이야기, 그림 이야기, 책 이야기에 세상 돌아가는 얘기도 하고, 알맞게 구워진 스테이크에 향긋한 커피까지. 세상 누구 부럽지 않은 시간을 보내다 열두 시 종소리에 정신없이 달려 나왔던 신데렐라처럼 아쉬움을 뒤로 한 채 다음을 기약하며 친구들과 헤어졌다.

좀 떨어져 있었다고 눈에 밟히는 아이들 생각에 허겁지겁 집에 돌아오니…, 아이들은 온 집 안을 장난감 밭으로 만들어놓고 소꿉놀이를 하고 있었다. 나와 약속한 대로 저희 둘을 '지켜만' 보다가 잠든 아빠를 인형들의 베개 삼아 말이다. 아이들 점심을 챙겨달라고 부탁했는데, 아이들이 안 먹겠다고 해서 혼자만 먹었다는 남편의 말에 어이없어 웃음이 난다. 그래도 고마워, 덕분에 날개 단 듯 가벼운 마음으로 즐거운 시간 보낼 수 있었어. 예쁘게 잘 놀아준 아이들도 고맙고. 얼른 국 데워 밥 먹자.

눈밭에 핀 아이들

포슬포슬 함박눈이 쏟아진다. 눈 속을 뛰어다니는 아이들은 도화지 위의 알록달록 크레파스 같다. 여기저기 흩어져 제 빛깔로 그림 그리듯 눈과 노는 아이들. 아이들이 플라스틱 썰매로 내리막길을 타니 금세 매끈매끈 길이 생겼다. 목도리, 장갑, 모자에 두꺼운 옷을 입고 뒤뚱뒤뚱 걷는 두 딸이 돌돌 눈을 굴려 저들 키만 한 눈사람을 만든다. 여기저기 귀여운 눈사람이 하나둘 늘어난다. 솔방울 눈, 까만 돌멩이 눈, 쭉 찢어진 나뭇가지 눈….

눈사람 만들기에 빠져 볼이 발그레해진 아이를 붙들고 느슨해진 목도리와 옷매무새를 단단히 만져주었다. 반짝반짝 빛나는 아이들의 두 눈은 행복감으로 가득 차 있다. 눈밭에서 아이들이 꽃처럼 피어오른다. 욕심을 품어서는 안 되는 존재, 존재 그 자체로 커다란 선물인 아이들. 이 소중한 존재를 눈밭에서 자라는 꽃망울 보듯 오늘도 바라본다.

오늘도 단잠

아이들이 인형에게 잠자리를 내주고는 행복한 미소를 지으며 잠들었다. 오늘도 함께 신나게 논 인형들도 자기들만큼 고단하다고 생각했나 보다. 마음까지도 예쁜 딸들, 잘 자라. 내 사랑, 내 아가들아. 모두 고요히 꿈길로 들어간다.

편안하고 평화롭게 하루의 일상을 마친 가족들이 모두 집에 있다. 별일 없이 무탈하게 보낸 오늘도 감사하다. 식사도 못 챙기며 일한 남편의 늦은 퇴근에 찌개를 데우고 달걀말이를 했다. 일에 찌든 얼굴을 씻어내고 식탁 앞에 앉았다. 나도 따뜻하게 끓인 보리차 한 잔을 감싸 쥐고 마주 앉았다. 오늘은 우리 아이들이 무엇을 하며 어떻게 놀았는지 이야기하니, 피곤함도 잊고 흐뭇하게 웃는다. 애들 위주로 만들어 슴슴한 반찬에도 한 그릇 뚝딱 비워 보인 남편에게 구수한 보리차 한 잔을 건넸다. 하루 동안 집안일과 육아로 지친 나와 과중한 회사 업무가 힘겨웠던 남편, 서로 눈을 맞추고 대화를 나누며 하루를 비워낸다. 식탁 등의 따스한 불빛 아래로 안락함이 가득하다.

지금보다 행복한 순간은 없습니다.

우리에게 가장 쓸모없는 날은

웃지 않는 날입니다.

− 법정스님

2부

내 마음
환해지는 기억들이 있다

그 많던 골목은 다 어디로 갔을까?

골목길은 사람이고 사랑이며 이야기고 추억이다. 목줄을 한 세퍼드가 컹컹 짓는 집과 순하디순한 백구가 철 대문 아래로 코를 내밀고 킁킁거리는 집이 있던 골목길. 만발한 장미 넝쿨이 담장 밖으로 흘러넘치는 집과 도둑 막으려고 콘크리트 담장 위에 깨진 유리병을 심어둔 집이 있던 골목길. 한 집 한 집 그 집이 사는 이야기를 그대로 들려주던 골목길. 십 원, 이십 원 돈이 생기면 골목 초입에 있는 뽑기 장사 아저씨에게 달려가 냄새부터 달달한 뽑기를 소중하게 받아와 남의 집 대문 앞 계단에 쪼르르 앉아 별 모양을 조심스럽게 따내던 기억. 초등학교 입학하고 받은 교과서가 너무 좋아 신나게 달려오다 그만 골목 내리막길에서 콰당 넘어져 콧등이며 얼굴에 상처가 났던 기억. 더위가 찾아오면 어른이나 아이 할 것 없이 그 좁은 골목길로 나와 밤이 늦도록 시간을 보내던 기억.

방학이면 찾아가는 할머니 댁도 골목길에 있었고, 친척 집들도 크기만 크거나 작을 뿐 모두 골목길에 있었다. 하지만 지금은 대부분 '몇 동 몇 호'로 불리는 집들에 살고 있고, 그 많던 골목길은 사라졌거나 사라져가는 중이다. 구불구불했던 골목길이 사라지면서 그 안에 있던 이야기도, 추억도 함께 사라지고 우리에겐 진한 그리움만 남게 됐다. 어차피 우리 삶은 시간과 함께 변화할 수밖에 없다. 하지만 잃고 난 뒤에, 지나고 난 뒤에 후회하며 살기엔 인생이 참, 짧다.

그 많던 골목을 그리워하며 맑은 날의 골목, 비 오는 날의 골목을 그렸다. 그림 속에 나를 포함한 많은 이들의 추억을 녹여내며….

달빛의 매화

친할머니는 꽃을 좋아했다. 담배도 좋아했다. 할머니를 뵈러 갈 때마다 엄마는 담배가게에서 청자나 거북선을 한 보루씩 샀다. 방학에는 남동생과 함께 할머니 집에서 며칠을 지내기도 했는데, 방 한 칸에 딸린 부엌이 전부인 할머니 집은 의외로 놀거리가 많았다. 바로 이웃한 또래 사촌들과 몰려다니며 사촌 집이나 공터에 모여 놀았다. 할머니 집은 돌산이라 불리는 채석장이 가까이 있어 소꿉놀이하며 모양이 좋은 돌들을 많이 주워 아궁이도 만들고 집도 여러 채 지었다. 그러다 뉘엿뉘엿 해가 지면 할머니 집으로 돌아와 깨끗하게 씻고, 할머니가 끓여주는 따뜻한 콩나물국에 밥 한 그릇 몽땅 말아 후룩후룩 먹었다.

돌산 위로 하얀 보름달이 뜨는 밤이 되면 동생과 나는 재미난 놀이를 궁리했고, 할머니는 곁에서 담배 한 대 피워 무셨다. 할머니는 꽃을 좋아했지만 집에는 꽃이 없었다. 취미로 사군자를 배우던 엄마의 매화 그림이 방에 걸려 있었을 뿐. 할머니는 내 색연필을 빌려 색이 없던 매화꽃 하나하나에 분홍색을 칠했다. 예쁜 꽃을 좋아했던 우리 할머니. 할머니 집 마당에 이제라도 매화나무 한 그루 심어 본다. 이른 봄 붉게, 붉게 피어난 홍매가 흐드러진 모습으로. 어느새 하얀 달은 분홍으로 물들고 마당에도 매화 향이 가득하다.

꽃이었어, 꽃

꽃이었어, 꽃.
기쁨을 알고 슬픔을 알게 해준
내 어린 마음속에 피어나는 아주 커다란 꽃.

할머니를 만날 때 나는 이미
헤어질 때의 슬픔을 미리 담아 기쁨을 느꼈지.
하루가 가고, 또 하루가 가면서
다가오는 헤어질 날을 나는 먼저 슬퍼했었지.

할머니가 좋았어.
새를 좋아하고 예쁜 꽃 그림을 좋아하고
담배를 좋아하고 한잔 술에 눈물지으며
먼저 간 아들 생각에
구슬픈 노래를 하염없이 부르던
나의 할머니.

밥 짓는 법

밥알 같은 하얀 첫눈이 내린다. 소철 위로 살포시 내려앉은 눈이 금세 고봉밥처럼 쌓였다. 삼시세끼 밥을 짓는 일이 가끔 귀찮을 때도 있지만 성당 주일학교 교사를 하며 만난 동료들과 함께 '인보의 집' 할머니들을 위해 밥 짓는 시간은 그 어느 때보다 행복하다.

앞치마를 야무지게 동여매고 진하게 탄 커피를 한 잔씩 마신 후 장 본 것들을 풀어 식사 준비를 시작한다. 나는 채소를 다듬고 씻는 담당. 네 명이 한 조가 되어 일사불란하게 움직이니 도깨비방망이라도 휘두른 듯 테이블 위엔 소담스레 접시에 담긴 음식들이 하나, 둘, 셋…, 뚝딱뚝딱 늘어섰다.

식당에 들어오시면서 벌써 두 손을 모으고 밝게 미소 지으며 고맙다고 말씀하시는 할머니들. 할머니들을 위해 뭔가 할 수 있어 더 감사하다고 저절로 고개가 숙어진다.

밥, 아욱국, 불고기, 달걀찜, 김치, 가지볶음, 무나물, 김, 후식으로 제철 과일까지. 매달 마지막 주 토요일 점심, 늘 같은 메뉴인데도 한결같이 "맛있다, 잘 먹었다" 하시는 할머니들을 보면 밥 짓는 법을 마음으로 다시 배우게 된다.

오늘은 약속이라도 하신 듯 알록달록한 조끼를 입으신 모습이 유난히 곱다. 창밖엔 소복소복 우리를 안아주듯 소리 없이 눈이 내리고 있다.

빨래하는 날

봄볕이 그지없이 좋다. 창을 활짝 열고 새봄의 숨결을 집 안 곳곳에 들어오게 했다. 밝고 따사로운 봄볕에 겨우내 경직되었던 몸과 마음도 녹아내리는 것만 같다.

반질반질한 마룻바닥도, 손때 묻은 가구에도, 아이들 키를 잰 눈금이 까맣게 표시된 구석 벽지에도, 문틈 사이사이에도 볕이 슬며시 따스한 온기를 밀어 넣는다. 산처럼 쌓여 있던 빨래를 해서 베란다 빨래 건조대에 촘촘히 널었다.

이불과 베개도 먼지를 탁탁 털어 일광욕시킨다. 사각거리며 말라가는 빨래들 올올이 햇빛과 바람이 스며들 것이다. 이불을 덮고 누웠을 땐 가지 끝에 올라온 새순 내음이 나겠지. 새로 입은 티셔츠가 코끝을 스치며 지나갈 땐 나뭇잎 사이사이를 누볐던 바람의 흔적이 느껴지겠지.

겨울잠 자는 곰처럼 겨우내 웅크리고 있던 내 몸과 마음을 활짝 펼칠 수 있게 해준 햇볕에게 오늘도 감사.

엄마와 함께

어릴 때 살던 곳은 붉은 기와지붕, 철 대문, 마당, 장독대 위로 비가 내리고 눈이 쌓이며 햇빛과 바람에 빨래가 마르는 단층집이었다. 화장실도 불편하고 연탄을 때고 물을 데워 씻어야 했지만, 그만큼 더 살피고 관심 기울여 가꾸며 돌보아야 했다. 그래서 더 그립고 애틋한지도 모르겠다.

그 집에서 초등학교에 입학했다. 교과서를 받아오던 날엔 얼른 보고 싶어 뛰어오다가 세게 넘어졌던 일도, 종이 바른 방문을 통해 햇빛이 들어찬 머리맡에 열두 권짜리 그림책 선물이 있던 날도 있었다. 학교에서 땀범벅이 되어 돌아오면 일찍 퇴근한 엄마가 수돗가에서 시원한 물로 씻기고 손에 쥐여주었던 단물 흐르는 복숭아, 그 맛은 단연 최고였다. 함께 장독대 계단에 앉아 밤하늘을 볼 때면 엄마는 시인처럼 말했고, 노래를 불러주기도 했다. 엄마가 달에 사는 토끼 얘기를 해주면, 마냥 밝기만 하던 보름달 안에 신기하게 절구질하는 귀가 긴 토끼가 생겨났다. 사진 한 장 남지 않은 집이지만, 유난히 더 생각나는 건 그 무렵 직장을 다녔던 엄마의 빈자리만큼 엄마와 함께한 순간들이 소중했기 때문이겠지. 오래도록 하늘을 올려다보며 엄마 무릎에 편하게 앉아 있을 만큼 그때의 엄마는 건강하고 예뻤다. 아릿하고 소중했던 날들.

입학식

나 어릴 적엔 초등학교 입학하기 전 입학식을 위해 며칠간 운동장에 모여 다 같이 동요를 배웠다. 엄마가 불러주던 노래들과는 좀 달랐다. 무엇보다 율동과 함께하니까 신이 났고 작은 몸짓으로 참 열심히도 배웠던 기억이 있다.

〈숲속 작은 집〉을 부르다 보면 어느새 나는 포수를 피해 급히 뛰어오는 토끼에게 문을 활짝 열어주는 아이가 되었고, 〈사과 같은 내 얼굴〉 부를 땐 사과같이 발갛게 웃었다. 무언가를 배우고 익히는 즐거움을 처음 알게 된 것이다. 어린 딸들을 등에 업고 재울 때도 그 시절의 노래들을 불러주었다. 여전히 동요가 좋아 자주 흥얼거린다. 그러면 노랫말들이 머릿속에서 그림이 되어 반짝인다.

모든 생명이 기지개를 켜는 새봄에 우리 아이도 초등학교에 입학했다. 엄마인 내가 더 설레고 긴장되는 순간이었다. 겨우내 앙상한 가지만 있을 때는 모든 나무가 비슷해 보이지만, 봄이 되어 잎이 돋고 꽃이 피어나면 비로소 제 모습을 드러낸다. 걱정은 접어두고 우리 아이가 건강하게 잘 자라 싹 틔우고 꽃피워 제 가진 모습대로 열매 맺을 수 있도록 매일매일 간절히 응원할 것이다. 노란 개나리가 병아리같이 사랑스러운 아이와 참 많이 닮았다.

인형이 좋았다

인형이 좋았다. 유일하게 많이 갖고 싶었던 게 인형이었다. 네 살 아이에게는 세상에서 제일 무서웠을 예방접종. 주사를 맞고 울음을 그치지 않는 손녀를 데리고 친할머니는 동네 작은 문구점을 찾았다.

할머니는 비닐에 담겨 동그란 눈을 빛내고 있던 예쁜 인형을 내게 주었다. 그 인형을 품에 안음과 동시에 아마 주삿바늘의 공포와 아픈 기억이 온데간데없이 사라졌을 것이다.

친구처럼 아기처럼 늘 품에 안고 밥 먹이고 옷 입히고 재우며 함께 지낸 갈색 머리 인형. 지금도 집 장식장 한 귀퉁이에 오롯이 서 있다. 동그란 코와 볼이 손때 묻어 윤이 날 뿐, 내게 찾아온 세월이 그 아이에게는 오지 않았다.

인형 옷 파는 할머니

마음이 환해지는 기억들이 있다. 그날의 햇빛, 공기, 아이들의 왁자한 소리. 수업이 끝나고 썰물처럼 빠져나온 아이들은 운동장, 동네 공터, 문구점 오락기구 앞, 친구네 집으로 흩어져 오후를 보냈다.

봄기운이 무르익을 때면 학교 정문 앞에는 우리를 맞아주던 분들이 있었다. 병아리가 가득 든 상자를 자전거에 실은 아저씨도 계셨고, 군침 도는 달고나 냄새로 우리 발길을 붙잡던 뽑기 할아버지도 계셨다. 머리핀과 방울, 머리 끈으로 좌판을 펴시던 아줌마도 생각난다. 특히 나는 곱고 화려한 인형 옷과 손가락이 쏙 들어가는 구두, 가방, 머리빗을 보자기 위로 펼쳐놓으신 할머니를 언제나 기다렸다.

상자 속 노란 병아리는 따스한 봄바람도 추운지 서로 보드라운 솜털을 비비며 삐악거렸다. 쓰다듬고 싶었지만 옹기종기 모여 있는 모습만 실컷 눈에 담았다. 머리핀을 골라 꽂아보는 아이들도 어깨너머로 보며 지난다. 그리고 내가 자리 잡은 곳은 언제나 인형 옷이 즐비한 할머니의 황홀한 좌판 앞.

빨강 바탕에 흰색 체크무늬 재킷, 스팽글이 붙은 하늘거리는 노란 드레스, 멋쟁이 청바지, 단추가 달린 스커트, 금색 체인의 핸드백, 온갖 뾰족구두와 부츠까지, 커다란 보자기 위에 가지런히 펼쳐진 인형 옷을 하나하나 살펴보면 시간 가는 줄을 몰랐다. 주변 아이들이 모두 떠날 때까지 정신없이 이것저것 만지작거렸다.

한참을 망설여 고른 것은 체크무늬 망토 하나. 손에 꼭 쥐고 잰걸음으로 집으로 돌아왔다. 아마 상자 안에 있던 마론 인형을 꺼내 새 옷을 입혀보고 신나서 빙그르르 돌며 춤도 추었겠지.

따스한 봄볕이 머무는 학교 정문 앞, 할머니가 인형 옷으로 가득 채운 마술 보자기를 펼쳐놓고 기다릴 때마다 설레고 행복했다. 그 시절, 그 추억들은 소중하게 감춰둔 유리구슬처럼 여전히 내 주머니 안에서 짤랑짤랑 행복을 일깨운다.

이모네 집

어릴 때 증조할머니와 한동네에 살았다. 증조할머니 댁은 우리 집보다 넓었고, 식구도 많았고 강아지도 여럿 키웠다. 그래서 동생과 함께 참 많이도 할머니 댁으로 놀러 갔다. 그곳에선 모든 게 놀이였다. 나와 맘이 잘 맞았던 네 살 위 이모와 든든하고 착한 삼촌이 늘 양보하며 함께 놀아주니 그보다 더 좋을 수 없었다.

시장에 가는 할머니를 따라간 어미 개가 없는 틈에 새끼 강아지도 맘껏 안았다. 특히 나는 이모와 자주 인형 놀이를 했는데, 손이 야무진 이모는 엉클어진 인형 머리를 곱게 땋아 올려 금세 공주님 머리를 만들어 보였다. 그럴 때마다 빗질하다 만 내 인형을 슬쩍 내밀면 이모가 못 이기는 척 머리를 만져주었다. 생각해보면 좀 얄미운 동생 같은 조카였다. 다 받아주는 이모에게 나는 종종 떼를 썼던 것 같다.

한참 재미있던 인형 놀이가 시들해질 무렵이 되면 할머니가 집으로 돌아오셨다. 시장에 가기 전에 미리 들통에 앉혀 둔 찐빵도 그때쯤이면 다 익었다. 우리 입이 심심해질 새라 할머니는 쟁반에 모락모락 김이 오른 찐빵을 내어주었다. 내게는 무서운 호랑이 할머니로 기억되지만, 우리가 놀러 갈 때마다 참 맛있는 간식을 자주 만들어주셨다.

그 시간을 되돌아보니 하얀 김과 함께 마당 가득 퍼지던 찐빵 냄새, 그 푸근하고 구수한 내음이 선명히 떠오른다.

눈사람

밤새 마당에 소복이 쌓인 눈으로 만든 하얀 눈사람. 멋진 모
자와 풀빛 머플러를 두르고 바구니에서 집어 온 귤로 코도
만들어주었다. 타고 남은 조개탄으로 까만 눈을 붙이니 눈
사람이 빙긋 웃는다.

보고 또 보고 조금 있다가 또 쳐다보고 내일 아침 다시 만날
텐데, 이리저리 뒤척이며 잠이 오지 않는다. 자꾸만 눈을 맞
추다 보니 마당 한가운데 서 있던 눈사람이 성큼성큼 내게
다가와 내 마음과 닮은 자기의 마음을 보여준다.

어린 시절 나는 그리움이 많은 아이였다. 만남보다 늘 헤어
짐을 먼저 걱정했고, 설렘과 두려움이 늘 함께 왔다. 성탄
무렵이면 방영하는 애니메이션 〈스노우맨〉을 언제나 기다
렸다. 볼 때마다 꿈결 같던 그 세상이 좋으면서도 한편으론
아침 햇살에 녹아내린 눈사람 때문에 마음이 아팠다.

이제 와 생각해보면 만났기 때문에 헤어졌고, 충만함과 상
실감을 오가는 그 숱한 과정 덕분에 조금 더 단단해졌을 텐
데. 눈 나라에 살던 스노우맨도 지금의 나처럼 훌쩍 자라 어
른이 되었을까. 그래도 그 미소는 여전하겠지.

JINE, KANG

할머니 손길이 닿으면

외할머니와 함께 살았던 집은 아파트였지만 시골집 같았다. 찬 바람이 불면 할머니는 메주콩을 삶아 찧어 동글납작하게 빚은 메주를 아랫목에 말렸고, 깊어져 가는 가을이 되면 방 한쪽을 차지했던 누렇게 익은 호박 하나를 골라 강낭콩과 팥을 넣어 단 호박죽을 끓여주시기도 했다.

두툼하게 솜을 틀어 겨울 이불 꿰매는 날. 곁에서 꼼지락거리며 인형과 놀고 있으면, 할머니는 온 가족이 덮을 두툼한 솜이불을 만들고 난 자투리 천으로 인형 이불을 만들어주었다. 손수건 크기 광목에 솜을 얹고 빨간색과 녹색을 덧댄 양단을 올려 광목 시접을 넣어 꼼꼼하게 바느질하고 나는 그 옆에서 쌕쌕 숨을 고르고 침을 삼키며 모양을 갖춰가는 인형 이불만 바라봤다.

세월이 흘렀어도 어디 하나 터진 곳 없는 작은 이불. 그 이불은 내 인형에게, 딸들의 인형에게도 포근한 친구가 되었다. 지금은 곁에 두고 싶어 내 바느질 상자에 넣어두었다. 쓸모를 다했지만, 여전히 따뜻한 추억을 품고 있는 인형 이불.

할머니 손길이 닿으면 우리 식구들은 배가 불렀고 따뜻하게 잠들었고 그날그날에 만족하며 살았다. 서늘해진 공기에 스웨터를 여미며 창문을 닫는다. 오늘따라 할머니가 남기고 간 그날의 온기가 그립다.

보자기 보따리

외할머니 옷장 안에는 한복이 많았다. 흩날리는 벚꽃을 수 놓은 것 같던 분홍색 꽃무늬 한복, 여린 풀색의 깨끼 바느질 한복, 흑장미처럼 붉은 자줏빛 양단의 한복도 기억난다. 특별한 날에 할머니는 한복을 입으셨는데, 온 가족이 고궁에 놀러 간 날도 사진 속 할머니는 한복 차림이었다. 외출용 한복은 옷고름이 없어 대신 화려한 브로치로 여밈을 했다.

할머니가 장롱 안쪽 서랍을 열고 반듯하게 갠 저고리와 치마를 차곡차곡 꺼낼 때면 보물 상자를 훔쳐보듯 설레었다. 고운 한복을 보는 것도 좋았지만 내 눈은 제일 마지막에 꺼내는 보따리를 향했다. 그 보따리에서는 온갖 예쁘고 고운 천들이 미끄러지며 쏟아져 나왔다. 할머니는 한 장 한 장 천을 펼쳐 보고는 필요한 천을 꺼내 가위로 오려 쓰셨다. 가끔은 내게 자투리 천을 주시기도 했다. 그것으로 딱히 무얼 한 건 아니지만 그저 예쁜 조각 천을 가지는 것만으로 좋았다. 드드드, 재봉틀 굴러가는 소리를 들으며 할머니 발밑에 떨어진 조각천을 모았다. 천 조각 하나하나는 나에게 작은 세상이었다. 여러 종류의 천을 방바닥에 펼쳐놓으면 마치 꽃밭 한가운데 같았다. 그래서인지 색실을 공단 위에 꿰어 수를 놓는 일은 나에게 치유이다. 지나온 시간을 수놓으며 꿈을 꾸고, 또 오늘을 살아갈 힘을 얻는다.

다락방

나는 안방에 있던 다락문을 참 무서워했다. 특히 자려고 누우면 천장에 가깝게 붙어 있는 짙은 색의 문이 내게는 무시무시한 생명체로 보였다. 그래서 이불을 뒤집어쓰고 나서도 잠들기까지 한참 걸렸다. 가끔은 한낮에 다락문을 벌컥 열고 올라가 아무렇지도 않음을 일부러 확인했다.

후드득후드득 더위를 식혀주는 비가 오던 날, 친구와 함께 쿵쾅쿵쾅 소리 내어 다락으로 올라 책가방을 던져놓고 가장 좋아하는 인형 놀이를 했다. 다락 바로 아래는 부엌이었는데, 낮은 창문을 통해 할머니는 삶은 감자가 담긴 그릇을 올려주곤 했다. 포슬포슬한 감자를 먹다 보면 자연스레 소꿉놀이가 이어졌다. 먹다 남긴 감자를 주물러 동그랗게 만들어 젓가락에 꽂았다. 손때 묻은 감자 요리를 인형들은 맛있게 먹어주었다. 어느덧 비가 그치고 비 젖은 냄새와 웃음소리가 어우러진 다락에서 우리는 시간 가는 줄도 몰랐다.

다락방에는 신문지로 포장한 돗자리도, 두툼한 솜이불 보따리도, 제사 때 쓰는 교자상도 있었다. 한 계절 충분히 제 몫을 하고 물러나 있는 곳. 포도주 단지도 다락에서 익어 갔다. 어둠에 익숙해진 물건들이 기다림을 배우며 지내던 곳이었다. 겁 많던 어린 나도 다락에서 두려움에 무뎌지며 차츰 용기 있는 사람으로 익어가게 했던 그 시절 그 다락방.

나의 살던 고향은

해를 닮은 주황색 기와지붕과 높은 담, 넓은 계단을 몇 개 올라서야 만나는 녹색 대문. 내가 기억하는 추억 속 첫 집이다. 그림 스케치를 끝내고 채색하는데, 이 그림을 본 엄마가 신기하다는 듯 웃으며 물었다. "너, 이 집 기억나니?"

초등학교 들어가기 전까지 살았던 이 집은 내게 〈고향의 봄〉 노랫말처럼 '꽃 대궐'이 떠오르는 곳이다. 가슴속 아련하게 남은 고향 같은 곳. 그리는 내내 좋았다. 어린 시절을 그릴 때면 마음에 아주 맑고 작은 시냇물이 흐르는 것 같다. 한 지붕 아래 세 가족이 한 식구처럼 옹기종기 살았다. 어린 내게는 성처럼 보였던 이 집을 지금 다시 본다면 아마 성냥갑처럼 작게 느껴지겠지.

"이 집에 살 때, 네가 세 살 때인가 첫 심부름을 보냈었지. 대문 밖 내리막에 가게가 있었거든. 달걀을 사 오라고 했더니 오는 길에 떨어뜨리고 서서 울고 있었는데…"

안쓰럽기도 귀엽기도 했을 어린 나를 담 너머로 지켜보던 그날을 엄마는 두고두고 이야기했다. 내가 우리 아이들의 어린 시절 모습을 떠올리며 뭉클해하는 것과 같은 마음이겠지.

오래된 앨범 속에서 서너 살 무렵 동생과 함께 이 집 마당에서 찍은 사진을 찾았다. 반짝이는 새 구두를 신고 좋아하는 트럭 자동차에 타고 활짝 웃고 있는 동생, 때때옷 입고 곱게

빗은 머리에 토끼 핀 꽂고 웃을 듯 말 듯 어색하게 서 있는
나. 그 모습을 보고 아랫방 아줌마가 "진이, 진수 예쁘네"
하셨을 그날을 다시금 상상해본다.

모두의 아기

한여름에 태어난 아기는 무럭무럭 잘 자라 겨울에 백일을 맞았다. 버둥거리다 고개 들고 눈 맞추어 벙긋벙긋 웃는 아이, 머리카락도 별로 없고 이도 없는데 이렇게 예쁠 일인가! 방긋 웃음 한번 보려고 온 가족이 아기를 둘러싸면 아기는 매일 웃음을 선물해주었다. 어떤 날은 아슬아슬한 뒤집기로 우리를 흥분시키기도 했다. 큼직한 울음소리는 장차 어떤 사람이 될지 궁금함을 불러일으켰고, 목욕을 마쳐 보송보송한 모습으로 품에 안겨 젖을 먹을 때는 아기와 함께 우주의 신비를 깨닫는 것처럼 충일감을 느꼈다.

양쪽 집안의 첫아기였기에 인형 선물이 많이 들어왔다. 대학생 삼촌은 놀이공원의 판다 인형, 고모는 보송보송 부드러운 헝겊 인형, 월급날마다 외삼촌도 아기가 좋아할 만한 인형 선물을 안겨주었다. 돌 무렵엔 아이가 좋아하는 인형도 생겼다. 어떤 기준으로 애착 감정이 만들어졌는지 알 수 없었지만, 아이 마음에 그런 일이 일어난다는 것조차 신기했다. 어느덧 방안은 온통 아기 내음으로 채워지고 자그마한 아기 침대는 인형 선물로 채워져 갔다.

목욕하는 천사들

세상에서 가장 아름다운 음악이 우리 집 욕실에서 흘러나온다. 두 아이가 함께 김이 폴폴 나는 욕조 안에서 목욕하며 놀고 있다. 물소리와 섞여 들리는 맑은 노랫소리, 첨벙첨벙 발 차는 소리, 까르르 웃음소리, 도란도란 얘기 나누는 소리가 어우러져 세상에서 제일 사랑스러운 음악이 되었다.

꼼꼼한 큰아이가 동생을 인형처럼 씻겨준다. 저녁 준비로 분주할 때면 둘이 이렇게 노는 게 얼마나 고마운지. 국에 송송 썬 파까지 넣고 나서야 욕실 문을 열어본다. 욕조 안에서 하얀 거품 가득 올려 머리카락을 세우고는 동그래진 눈으로 엄마를 바라보며 웃는 두 아이 모습에 쿡쿡 웃음이 난다. 출렁이는 물 위로 오리 인형 동동 떠 있고, 강아지 인형은 햇볕에 마르자마자 다시 씻는 중이다.

어린 시절 가지고 놀던 목욕통 곱슬머리 인형이 떠올랐다. 분홍색 목욕통 안에 우유병, 머리빗과 함께 하얀색 팬티만 입고 누워 있던 노란 곱슬머리 아기 인형. 내가 만든 이야기 속에서 늘 공주 역할을 했다. 공주의 드레스는 엄마의 하늘거리는 노란 실크 스카프와 가제 손수건이었다.

언젠가 재래시장에 갔다가 어릴 때 갖고 놀던 것과 비슷하게 생긴 인형을 반가운 마음에 사 왔었다. 하늘색 목욕통에 담긴 아기 인형 옆에는 옛날과 꼭 같이 우유병과 머리빗도

들어 있었다. 인형은 진즉에 우리 집을 떠났고 목욕통만 화장실에 두고 청소용 솔을 넣어두고 쓰다가 최근에 깨진 걸 보고 미련 없이 버렸다. 물건들이 하나하나 추억을 남기고 떠나간다.

샤워기를 틀어 아이들 머리 위에 비누 거품을 깨끗이 씻어내자, 꾀죄죄했던 모습은 온데간데없고 보송보송한 천사들이 되었다. 마음 안에 쌓인 삶의 찌꺼기도 이렇게 씻어내면서 살 수 있다면 얼마나 좋을까. 오늘 내 안의 찌꺼기를 청소해준 건 바로 이 순간이다. 말간 얼굴로 웃는 나의 딸들.

호피무늬 잠옷

생크림처럼 부드러운 감촉 호피무늬 잠옷.

드드— 드드드— 오래된 재봉틀 소리에
아랫집 아주머니 볼멘소리 할지라도
우리 손녀들 잠잘 때 입는 보드라운 잠옷 바지만큼은
얼른 만들어야 한다는 할머니의 사랑 담긴 고집.

큰아이와 작은아이
호피무늬 잠옷 바지 입고
소파 위로 테이블 위로
타잔이 되어 뛰어다닌다.

가족회의

아빠가 준비한 가족 여행 계획도, 둘째가 보드판에 그린 말 그림도, 큰아이가 재미있게 읽은 일기도, 발표가 끝나면 "와!" 하는 탄성과 함께 우레 같은 박수가 터진다. 엄마의 전시 계획도, 아빠의 금연, 금주 약속도 오늘의 가족회의 주제다.

맛있는 간식 가운데 두고 서로에게 하고 싶었던 이야기로 일요일 밤을 맞이하는 우리 가족만의 한 주 마무리. 아이들에게 책 읽는 습관, 말하기 능력을 키워주고 싶었던 우리 부부가 생각해 낸 방법은 바로 가족회의였다. 간단한 식순을 정하고 진행도 돌아가며 하다 보니 식구들 앞이라도 수줍기만 했던 시간들이 지나가고 자신의 생각을 잘 전달하고 다른 이의 이야기를 귀 기울여 듣는 따뜻한 시간이 찾아왔다. 물론 각자가 원하는 방향이 달라서 서로 고집부리며 언짢아질 때도 있지만, 가족회의 끝자락에 손바닥 탑 쌓고 파이팅을 외친 후 서로 안아주는 시간이 되면 가슴엔 사랑만이 남아 있다. 하루가 다르게 커가는 아이들을 볼 때마다 곱씹어본다. 생각하는 법을 가르쳐야지, 생각한 것을 가르쳐서는 안 된다는 지극히 단순한 진리를.

과일 아저씨의 행복

두 계절이나 비어 있던 아파트 상가가 환하게 불을 밝히고 새 단장을 시작했다. 그 앞을 지날 때면 아이들과 어떤 가게가 생겼으면 좋겠는지 이야기를 나누었다. 첫째 아이는 편의점이 생겼으면 좋겠다 하고 둘째는 고양이 카페가 생겼으면 좋겠다고 했다. 나는 어떤 가게이든 밤길이 쓸쓸해 보이지 않도록 얼른 누군가 그 자리의 주인이 되길 바랐다.

소박한 과일가게. 이삿집은 단출했고 간판도 단순했다. 이름은 '소문난 알뜰장터'. 오이, 감자, 상추, 가지, 토마토, 매일 조금씩 다른 품목이 정갈하게 진열되었다. 어릴 적 할머니 치맛자락 잡고 따라갔던 시장의 좌판을 떠올리게 하는 곳이었다. 눌러쓴 모자 아래로 희끗희끗한 머리칼이 보이는 주인아저씨는 늘 의자에 깊숙이 앉아 책을 읽고 계셨다. 과일이나 채소를 사려고 기웃거리면 잠시 고개를 들 뿐, 가끔은 그의 독서를 방해할까 봐 그냥 지나치기도 했다.

감자볶음을 하려고 급히 감자를 사러 갔던 날, 봄비가 부슬부슬 내리던 그날도 아저씨는 책을 읽고 있었다. 시간을 오래 뺏지 않으려 서둘러 감자를 샀다. 흙과 풀 냄새가 뒤섞이며 들리는 빗소리가 책에 빠져들기 더없이 좋다는 걸 잘 알고 있으니까. 아저씨가 오랫동안 소박한 가게에서 잔잔한 행복 누리실 수 있기를 바라 본다.

살에 닿는 한 줄기 바람

여름엔 겨울이 견딜 만하다고 느끼고 겨울엔 여름이 견딜
만하다고 느끼게 된다. 여름에 태어나 겨울 추위에는 약해
도 더위는 잘 견딘다고 생각했는데 한바탕 열대야를 지내
고 나면 그것도 아니라는 생각이 든다.

한낮 열기가 식지 않은 집 안 공기에 목을 타고 흐르는 땀으
로 밤새 뒤척이다 보면 열대야와의 싸움에서 완전히 패배
한 모습으로 아침을 맞게 된다. 그러기를 며칠…, 지금 시각
오전 열한 시 30분. 살에 닿는 한 줄기 바람을 느끼며 행복
을 만끽하고 있다. 며칠 전 끈끈하게 착착 감기던 그 이불이
맞나 싶을 정도로 사각거리는 이불은 소리까지 시원하다.

텔레비전과 빈둥거리며, 깜빡깜빡 졸며 오전 시간을 몽땅
보내버렸다. 짭조름하게 끓인 라면도 다 비우고 신선놀음
이 따로 없다. 바스락거리는 이불을 박차고 일어나는 게 왜
이리도 안 되는지. '일어나야 하는데, 일어나야 하는데…'
유혹이 달콤해도 너무 달콤하다. 단순한 나는 만족과 행복
을 느끼는 데 생각보다 많은 것이 필요하지 않다.

바람에서 단내가 나는 달

추위서 견딜 수 없는 달. 양식을 갈무리하는 달. 큰 바람의 달. 잎이 떨어지는 달. 내가 올 때까지 기다리라고 말하는 달. 가난해지기 시작하는 달. 큰 밤 따는 달. 배 타고 여행하는 달. 산이 불타는 달. 물이 나뭇잎으로 검어지는 달. 산책하기에 알맞은 달. 모두 다 사라지는 것은 아닌 달. 짐승들 속 털 나는 달. 아침에 눈 쌓인 산을 바라보는 달.

자신들은 대지의 일부이고, 대지 또한 자신들의 일부분이라 여기며 자연에 순응했던 인디언들은 시월, 십일월을 이리도 멋진 표현으로 칭했다. 붉디붉은 단풍잎이 머리 위 하늘을 덮고 둘러보니 산과 들은 충만한 가을볕으로 속속들이 익어간다. 조촐한 음식을 먹으며 마음마저 배부른 가을날. '바람에서 단내가 나는 달', '울긋불긋 낙엽 깔고 앉아 도시락 먹는 달', 나는 시월, 십일월을 이렇게 부르고 싶다.

내 영혼이 따뜻했던 날들

친할머니는 돌산이라고 불리던 곳으로 하늘이 가깝게 느껴지는 동네에 살았다. 내 기억이 맞는다면 어릴 때 나는 무엇을 사달라고 조른 적이 거의 없다. 필요한 건 엄마가 알아서 준비해주었지만, 그것은 단지 필요한 물건이었고 갖고 싶은 것은 마음속에만 담아두는 내성적인 아이였다.

그런 내가 친할머니에게는 좀 달랐다. 할머니는 눈에 넣어도 아프지 않은 첫 손주인 내 말은 다른 일로 언짢은 상황에서도 무조건 들어주셨다. 할머니를 뵈려고 방문하셨던 친척 어른에게 용돈을 받고는 할머니를 졸랐다. 골목 초입 문구점에서 본 인형이 갖고 싶었기 때문이다.

허락이 떨어지기 무섭게 내리막 골목길을 내달렸다. 신이 나 뛰어 내려오는 내내 발이 땅에 닿지 않고 허공을 나는 기분이었다. 가쁜 숨을 몰아쉬며 지폐를 내밀고 하얀 얼굴에 긴 금발을 한 마른 인형을 품에 안았다. 내 인형 놀이의 주인공이 바뀌는 순간이었다.

조그만 방

내 방은 주방에 딸린 미닫이문이 달린 아주 작은 방이었다. 나는 이 조그만 방에 콕 틀어박혀 있기를 좋아했다. 안락한 둥지 같았다. 가끔은 의자를 치우고 책상 아래쪽으로 이부자리를 폈다. 잘못하면 서랍에 머리를 부딪힐 수도 있고 갑갑하기도 했을 텐데 나만의 동굴 같은 편안함이 있었다.

방에서 매일 밤 라디오 〈별이 빛나는 밤에〉를 들으며 하루를 마무리하는 게 좋았다. 토요일에는 유명한 영화나 동화를 각색해서 들려주는 '별밤 극장'이라는 코너가 있었는데, 그날은 알퐁스 도데의 《별》을 들려주었다. 자주 새벽까지 라디오를 들으며 좋아하는 일들을 했다. 그날은 직접 무늬를 그린 종이에 비닐을 씌워 지갑을 만들고 있었다.

"우리 주위의 수많은 별들은 유순한 양 떼처럼 소리 없는 운행을 계속하고 있었습니다. 나는 그 별들 가운데에서 가장 아름답고 빛나는 별 하나가 길을 잃고 내려와 내 어깨에 머리를 기댄 채 잠들어 있다고 생각했습니다."

스테파네트 아가씨가 머리를 기대자 가슴이 쿵쿵 뛰는 목동의 마음에 몰입이 되어 내 가슴도 쿵쿵. 이 순간엔 잠시 바느질도 내려놓았다. 속삭이듯 다독이는 '별밤'의 시간은, 그리고 나를 감싸주던 조그마한 방은 사춘기를 지나던 그 시절의 내가 기대고 의지하기에 더없이 충분했다.

Waterstone's

JinE KANG

스노우맨 만나던 날

주말이면 아이들을 태울 쌍둥이 유모차를 차 트렁크에 싣고 기저귀와 분유, 간식도 골고루 챙겨 다 함께 장 보러 가던 일은 영국 노리치에서 머물던 시절에 내가 누리던 작은 즐거움 중 하나였다.

아기자기하게 꾸며진 작은 점포가 늘어선 거리를 한참 돌다 보면 유모차 속 두 아이는 잠이 들었고, 그러고 나면 우리는 다운타운에 있는 제일 큰 서점으로 들어갔다. 어린이 그림책 작가를 꿈꿨던 내가 그동안 번역본으로 사 모았던 모리스 샌닥, 존 버닝햄, 바버러 쿠니, 앤서니 브라운의 그림책을 원서로 만날 수 있는 시간이었다. 유모차를 오롯이 남편에게 맡기고 어린이 책 코너에 자리 잡고 앉아 새 책들을 펼치며 꿈같은 장면에 젖어 들곤 했다.

아이들이 깨어날 무렵 신중하게 고른 한두 권의 책을 들고 계산대로 갔다. 계산원 뒤쪽 선반 위에는 그림책 속 캐릭터 인형들이 옹기종기 모여 앉아 있었다. 그림책 속에서 막 튀어나온 듯 사랑스러운 모습이었다.

그러다 동그란 하얀 얼굴에 녹색 모자를 쓰고 빙긋이 웃는 스노우맨과 눈이 마주쳤다. 오랜만에 어릴 적 친구를 만난 것처럼 반가웠다. '오늘은 이 책들을 내려놓고 당신과 함께 가야겠네요.'

스노우맨을 안고 서점을 나서는데 마침 다시 눈이 내린다. 따뜻한 서점 안에서 한숨 잘 자고 난 아이들은 기분이 좋아 보였다. 스노우맨을 품에 안은 엄마도 기분이 무척 좋구나, 이제 너희가 좋아하는 요구르트 사러 가자!

불꽃놀이

평펑, 추르르르 팡. 터지는 불꽃을 이렇게 가까이서 보기는 처음이다. 우레가 치는 듯한 폭죽 소리에 배 속 아기가 놀랄까 봐 손으로 계속 쓰다듬어주었다. "아가야, 지금 엄마가 보고 있는 건 불꽃놀이라는 거야. 새까만 밤하늘이 순간 환해질 만큼 엄청난 불꽃이 터지느라 소리가 요란하단다. 무척 아름다워. 운동회날 오자미를 던져 터뜨린 박에서 흩날려 떨어지는 반짝이는 꽃가루 같기도 하고, 신비로운 빛을 내는 오로라 같기도 해."

영국 노리치의 한 대학부지 드넓은 잔디밭에서 마을 축제가 있던 날, 얼마 남지 않은 이곳에서의 생활에 추억 하나를 보태고 싶었다. 9개월 된 배 속 아기도 함께 우리는 차가운 밤공기도 마다치 않고 축제를 즐겼다. 아빠 목말을 탄 큰아이는 코와 볼이 빨개져서 아빠 엄마가 기웃거리는 곳을 함께 궁금해했다.

드넓은 장소에 비해 축제는 비교적 소박했다. 솜사탕, 핫도그 등 몇 가지 스낵바가 차려졌고 선반 위의 수십 가지 인형을 게임으로 뽑아가는 코너도 있었다. 사격으로 풍선을 맞추는 게임은 생각보다 쉽지 않아 보였고, 제한 시간 동안 많은 공을 넣는 농구 게임도 있었다. 평상시에도 농구를 즐겨한 남편이 학창 시절부터 다져온 솜씨를 보여주겠다고 큰

소리쳤다. 아이까지 내게 맡기고 진지한 표정으로 시작하더니 정말 고득점이 나와 1등 상품인 커다란 썰매 개 인형을 받았다. 선반 중앙에 멋지게 버티고 있던 큰 인형을 건네주며 놀랍다는 눈인사를 건네는 턱수염 아저씨와 함께 구경하며 즐거워한 주위 사람들의 부러워하는 시선을 보니 남편이 자랑스럽기까지 했다.

축제의 끝, 제일 기대하던 불꽃놀이가 시작되었다. 어마어마한 폭죽들이 화살처럼 쏘아져 터지고는 까만 밤하늘 위로 폭포처럼 흘러내렸다. 불꽃놀이가 처음인 아이는 소리내어 감탄했다. 처음 듣는 큰 소리에 놀랐겠지만 배 속의 아이도 가족과 함께하니 괜찮을 거라 여기며, 눈앞에 펼쳐지는 그림 같은 광경을 하나하나 설명해주었다.

화려한 불꽃으로 놀라웠던 밤하늘이 차츰 사그라지고 하얀 별이 소박하게 소곤대는 밤하늘을 바라보며 썰매 개 인형까지 다섯이 된 우리는 길을 달려 따뜻한 집으로 돌아갔다.

내가 어두운 터널에 있을 때

나는 나를 진심으로 생각하는 사람과

함께 있고 싶다.

나 역시 너희에게 그런 사람이 되고 싶다.

3 부

이런 사랑,
이전에도 있었는지
가물거릴 때쯤

모든 것을 견뎌낼 힘

우당탕우당탕. 버튼 키 누르는 소리가 나면 우리 집에서 벌어지는 한바탕 소동. 간지럼을 참는 듯한 키득키득 웃음소리를 내며 두 아이는 어쩔 줄 몰라 하며 여기저기 숨을 곳을 찾는다.

어떤 날은 시간 내에 잘 숨지만 오늘 같은 날은 숨기 전에 퇴근하는 아빠에게 들켜 꺄꺄 소리를 지르며 냅다 달려가 안긴다. 그 행복한 모습을 놓치지 않으려고 국자를 쥔 채로 나도 부엌에서 달려 나온다.

좋아서 어쩔 줄 모르는 남편은 눈썹도, 눈도, 입도, 마음도, 처져가는 볼살마저도 얼굴 맨 위로 올라가 있는 것 같다. 눈 쌓인 새벽 출근길도, 눈치 보며 하루를 버티는 고된 사회생활도, 때때로 찾아오는 길을 잃어버린 듯한 쓸쓸함도 모두 견뎌낼 힘, 가족. 두고두고 생각나겠지. 오늘 이 순간이.

피노키오 인형

무엇이든 좋은 것은 다 주고 싶은 마음이 내 안에 가득 생겨났다. 등 뒤에 업혀 내게 온기를 전해주는 존재가 생긴 이후, 나의 세상이 아이를 중심으로 돌기 시작했다. 콧물감기로 색색거리는 거친 숨소리가 내 가슴을 관통하는 것 같다. 대신 아플 수 있다면 좋겠다고 생각한다. 잠들지 못하는 아기를 업고 집 안을 산책하듯 걸어본다.

얼마 전 피노키오 인형을 화장실 문에 걸었다. 몸의 각 부분이 실로 연결되어 줄을 잡아당기면 팔다리가 올라간다. 줄을 당기며 아이에게 피노키오처럼 말했다. "많이 아프니? 얼른 나아야지, 그러려면 코 자야 해?" 그러자 아이가 꼼지락거리며 포대기 안에 있던 손을 빼내어 줄을 잡아보려고 애쓴다. 얼른 엉덩이를 들어 올려 키를 맞춰주니 이내 줄을 잡고 사방으로 잡아당기며 춤추는 피노키오를 보며 힘없이 웃는다. 그렇게 한참을 피노키오와 놀다 이내 잠들었다.

달수가 늘며 아귀힘이 조금씩 세지자 피노키오 줄 하나가 끊어졌다. 두 팔과 다리 하나뿐이지만 여전히 빠른 손놀림에 춤춘다. 엄마 키를 훌쩍 넘게 자란 아이는 장식장 손잡이에 걸려 있는 피노키오를 제가 얼마나 좋아했는지 기억하지 못한다. 앙증맞게 팔을 뻗어 줄을 잡고 흔들어보려 애쓰던 딸아이의 버둥거림이 내 등에선 아직도 선한데….

창밖의 별, 내 곁의 딸들

오늘도 어김없이 큰아이는 엄마와 아기가 있는 작은방 이부자리로 와서 잠을 청했다. 동생이 예쁘고 신기하다고 말은 하면서도 막상 자기가 쓰던 비누로 아기를 씻기려 하면 눈을 부릅뜨며 "내 거야!" 하고 울음을 터트리는 큰아이. 그래, 아직 너도 어리지. 더 작은 아기가 태어나 어느 날 갑자기 큰언니가 돼버려 엄마도 미안하게 생각해.

잠든 두 아이를 번갈아 바라보며 감사의 마음이 밀려와 이불 속에 엎드린 채 일기를 썼다. 창밖엔 오늘도 별이 많다. 유난히 고요한 동네. 열 시 무렵이면 불빛이 거의 잦아드는 이곳에서 나는 오늘도 평화로운 밤을 맞는다. 그리고 두 손 모아 기도한다.

"여기 천사와 같은 두 아기가 잠을 청합니다. 칠흑 같은 어둠 속에서도 끊임없이 제빛을 발하는 저 별들처럼 내면의 빛을 밝히는 아이들로 자라게 하옵시고, 온 세상을 평화 안에 쉬게 하는 저 밤하늘처럼 고요한 지혜를 품게 하옵시고, 변함없이 우리에게 희망을 속삭이는 저 달님처럼 맑은 총명함을 지니게 하옵소서. 그리고 사랑스러운 두 아이를 제게 주심에 한없는 감사를 드립니다."

손만 뻗으면 닿을 곳에

중학교 입학을 앞두고 큰아이 교복을 사러 갔다. 아이들이 클수록 자주 떠올려보게 된다. 30여 년이 훌쩍 흘렀지만 어제 일처럼 선명하게 그려지는 시간들. 내 중학교 교복은 감색이었다. 흰색 터틀넥에 칼라가 없는 재킷. 양쪽에 주름이 하나씩 들어간 에이라인 스커트⋯. 여러 생각이 머릿속을 맴도는데 거울 앞에 교복 입은 아이가 섰다. 나란히 비치는 엄마와 딸. 세월이라니, 매 순간 자라는 게 보이는 것 같다.

교복 상호가 커다랗게 박힌 쇼핑백을 들고 가게를 나서자 아이가 말했다. 교복을 입고 엄마와 함께 거울 앞에 섰을 때 왠지 슬펐다고. 큰아이는 통과의례처럼 겪는 일들을 맞이할 때마다 설렘이나 기쁨보다는 돌아갈 수 없는 시간에 대한 아쉬움과 서글픔이 자주 앞섰다. 더 이상 자신이 아이일 수 없다는 사실, 엄마 품에서 한 발짝 멀어질 수밖에 없는 상황들 때문이었을까?

우리 아이들이 삶의 매 순간을 그저 흘려보내거나 놓치지 않길. 겨울이 지나면 봄마다 새롭게 꽃이 피듯, 더러 구름이 끼어 보이지 않아도 365일 매일매일 밤하늘에 별이 빛을 발하고 있듯, 삶 속에는 늘 사랑과 기쁨이 함께한다는 사실을 알아채길. 손만 뻗으면 닿을 곳에 행복과 감사할 일이 가득하다는 것을 깨우치고, 잊지 않길.

사랑하는 법

태어난 지 4개월 만에 우리 가족이 되었던 하얀 몰티즈 달님이. 품에 안기에도 겁날 만큼 작고 여렸던 강아지가 이젠 거침없이 질주하는 귀염둥이 성견이 되었다. 우리는 달님이가 언제 기분이 좋은지, 어떤 간식을 좋아하는지 안다. 달님이도 우리가 편안한 외출복으로 갈아입으면 산책하러 가는구나 하고 알고, 혹 혼자 있게 되더라도 곧 가족이 돌아올 걸 알기에 두려워하지 않는다. 아침이면 이 방 저 방 킁킁 냄새 맡으며 가족의 안부를 묻는다는 것도, 손님은 반가워하지만 만지는 건 무섭다며 외마디로 손길을 거부하는 것도 우리는 알고 있다.

처음에는 헤어짐을 미리 걱정했던 남편이 강아지 입양을 반대했지만, 지금은 달님이와 단짝이 되어 서로를 헤아리는 사이가 됐다. 옆에 와서 꼭 살을 대고 엎드려 앉는 달님이를 보며 위로받고 위로하는 법을 배운다. 각박한 세상, 외로운 사람들에게 서로를 보듬으라며, 안아주라며, 그렇게 사랑하는 법을 알려주는 고마운 존재, 우리 달님이.

따뜻한 냄새

친할머니는 가난했다. 작은 방에 작은 창문, 옷장도 없이 벽에 옷을 걸어두고 아랫자락에 꽃이 수놓아진 흰색 천으로 덮어두었었다.

겨우 두 볼만 보이는 작은 거울, 크기가 똑같은 화장품 병두 개. 할머니와 나는 창호지를 통해 환한 햇살이 들어와 따뜻해진 방바닥에 베개 하나 사이좋게 나누어 베고 누워 조그만 라디오에서 흘러나오는 연속극을 듣다가 낮잠에 빠져들곤 했다.

평소 수를 놓거나 그림을 그리기 전에 미리 스케치를 하는데 이번 자수는 네모 프레임부터 막연하게 시작했다. 수를 놓고 보니 울타리 같았고, 그래서 꽃밭을 수놓았다. 알록달록 꽃밭을 보니 돌아가신 할머니 생각이 났다. 그래서 작은 네모 안에 할머니 방을 만들었다.

수놓기가 끝나니 어린 시절 할머니 방에서 쌓았던 추억들이 스쳐 간다. 냄새에도 온도가 있다면 '따뜻한 냄새'라고 이름 붙일 할머니의 냄새가 그리운 날이다. 우리 할머니. 지금, 하늘나라 방에서도 따뜻하시겠지.

JINE KANG

헤아리지 못할 마음

예전 앨범 첫 장에는 내 백일 사진이 있다. 언제부터였을까. 그 사진을 보고 있으면 가슴이 아릿해진다. 포슬포슬 뜨개옷을 입은 동그란 얼굴에 곱슬머리 아기의 오므린 작은 손에는 금반지와 금팔찌도 있다. 그 어떤 아기가 소중하지 않을까 싶지만 사진 속 나는 귀하고 넘치게 사랑받은 우리 집안의 첫째 애였다. 날 낳았을 때 엄마는 젊디젊었고 꽃처럼 고운 나이였다. 어렸다는 표현이 맞겠다. 나를 키우며 무수한 어두움과 외로움을 마주했을 엄마. 엄마는 지금도 그때 얘기를 할 때마다 목이 메곤 한다.

어려운 환경에서 자라 늘 혼자였던 엄마의 첫아이였던 나는, 본인 분신과 다름없었을 것이다. 변변치 못한 살림이었을 텐데 사진관에서 고급스럽게 찍은 내 백일 사진을 보면 한없는 엄마의 사랑이 느껴진다. 한때는 그 사랑이 버겁기도 했다. 하지만 아이를 키워보니 엄마가 준 사랑의 무게를 조금 알 것 같다. 언제나처럼 왜 진즉에 깨닫지 못했을까 생각하지만, 어쩌면 죽을 때까지 다 헤아리지 못할 것 같다.

오늘도 여전할 엄마의 외로움. 이제는 방긋거리는 내 미소만으로 채워질 수는 없겠지. 엄마는 여전히 엄마가 된 나이 먹은 나를 위해 마음을 쓰신다. 어떻게 다 알겠는가. 세상의 모든 자식은 그저 받기만 하는 존재일 뿐인지도 모르겠다.

JINE, KANG

종이가방

초등학교 입학을 앞둔 무렵이었다. 안방 다락으로 올라가는 계단에 엄마가 올려놓은 큼지막한 종이가방이 보였다. 네모난 모양이 불룩해질 만큼 든 것이 무엇인지 궁금해서 다락 계단을 기어올라 엿봤다. 어찌나 가슴이 콩닥콩닥 뛰던지. 맨 위로 하얀 끈이 가지런히 묶여 있는 새 운동화가 보였고, 그 밑으로도 여러 가지가 차곡차곡 담겨 있었다. 누군가에게 줄 선물이라고 어렴풋이 말씀하셨던 것 같은데…. 물어볼 용기도 없이 엄마의 선물을 받을 상상의 아이가 부러워 우울했다. '저게 내 거라면 얼마나 좋을까! 운동화가 참 예쁘다. 공책도, 연필도 있었던 것 같은데…, 누구에게 주는 거지?' 하면서 말이다. 입학식 날 엄마는 운동화를 꺼내어 내게 주었다. 역시나 내 발에 착 맞았다.

비 내리던 어느 봄날에는 엄마가 종이가방 안에서 노란 비옷과 장화, 우산을 꺼내어 내 머리맡에 놓아두었다. 비 오는 등굣길 신이 나 물웅덩이만 골라 밟으며 학교에 갈 어린 딸을 생각하며, 이른 출근을 하던 엄마의 애틋한 마음이었다. 그 시절 엄마의 사랑이 가득했던 나의 네모난 마술 가방.

청둥오리 세 마리

어디서 온 걸까? 청둥오리 세 마리가 뒤뚱거리며 우리 집 앞을 지나가는 중이다. 아이는 책 속에서만 보던 오리가 눈앞에 있어 눈이 휘둥그레져 놀라고 나는 아이에게 가까이 다가온 오리 때문에 놀라고 남편 역시 흥미로워 구경하고 있는데, 오리들은 태연하기만 하다.

그림책 속 한 장면 같은 모습이 이곳에선 이따금 펼쳐진다. 우리 세 사람, 오늘 동화책 속의 주인공이 되었다. 얼마간 아이는 생각날 때마다 까만 눈동자를 빛내며 오늘 만난 오리 얘기를 엄마 아빠에게 들려줄 것이다.

같은 듯 조금씩 다른 하루

《월리를 찾아라》라는 그림책처럼 매일매일 같은 듯 조금씩 다른 이곳의 하루가 이방인인 나에게는 어제와 다른 그림 찾는 일처럼 느껴진다. 어떤 날은 그림 속에 억수 같은 비가 내리고, 어떤 날은 그림 속에 아기가 배변 가리기를 성공해 함성 치는 우리 부부의 기쁨이 있다.

어젯밤부터 심한 바람과 더불어 내리기 시작한 비가 하루 종일 무서운 소리를 내며 집 전체를 감쌌다. 창밖을 내려다 보니 비바람 탓에 작은 뒷마당은 마치 존 버닝햄 그림책의 한 장면처럼 성큼성큼 집 안으로 들어온 곰이 실컷 놀다간 듯 커다란 쓰레기통은 뒤집혀 나뒹굴고, 빗자루며 빨래 건조대, 모두 제자리를 벗어나 어지럽게 흩어져 있었다. 식사를 마치고 정리하러 나간 남편이 흥분된 얼굴로 쿵쾅거리며 뛰어 들어와서 아이를 번쩍 들어 안고 다시 나갔다. 무슨 일인가 싶어 종종걸음으로 뒤따라가 보니 뒤집힌 쓰레기통 바닥에 아이 주먹만 한 달팽이가 다닥다닥 붙어 있었다.

아이는 겁나면서도 신기한지 눈을 휘둥그레 굴리며 소리친다. 그런 모습을 보고 싶어 아이를 안고 나간 남편도 같이 소리친다. 꼬물꼬물 움직이는 배를 쓰다듬으며 나도 함께 소리쳐본다. 가족은 이렇게 한목소리를 내며 하나가 되어 간다.

행복한 사람

예전부터 용돈이 생길 때면 예쁜 동화책들을 한두 권씩 사 모았다. 결혼하고 아기가 태어나고부터는 우리 아이에게 읽어주고 싶은 동화책을 사게 되었고, 작가가 된 친구들은 자신의 그림책을 보내주었으며, 두 분 할머니께서는 예쁜 손녀들을 위해 동화책을 선물해주셨다. 책 욕심이 많아서 분리수거 나가서도 버려지는 책들을 뒤적여 보석 같은 책들을 찾아내 가지고 들어오기도 한다. 《이상한 화요일》로 잘 알려진 데이비드 위즈너의 《시간 상자》가 그런 보석 중 하나다. 덕분에 우리 집 책장은 오색 가지 알록달록 크고 작은 동화책들로 가득하다.

행복한 그림책 작가가 되고 싶었다. 요즘은 행복한 엄마로 산다. 책 좋아하는 극성스런 엄마 영향 때문인지 아이들은 놀이로 책과 친해질 수 있었고, 성우 못지않게 목소리를 바꿔가며 책을 읽어주는 아빠와도 행복한 추억을 갖게 되었다. 오늘은 아빠가 출장 간 날. 안방 침대에서 셋이 함께 자는 날이기도 하다. 각자 원하는 책 한 권씩을 가져왔다. 딸들 사이를 비집고 들어가 은은한 스탠드 불빛에 의지해 이미 반쯤 암기된 책을 읽어준다. 아이들의 몽실거리는 몸의 감촉이 엄마인 나를 행복하게 한다. 두 눈을 반짝이며 엄마가 읽어주는 이야기를 끝까지 듣는 아이들. 책장 뒤표지 설명까지 다 듣고서야 "쪽" 하고 입맞춤 인사를 하는 아이들. 그런 다음 나로서는 알 수 없는 마법 주문 같은 대화들이 잠들기 전 의식처럼 두 아이 사이를 오고 간다.

기억난다. 잠들기 전 이부자리 머리맡에 스탠드 불빛을 밝혀놓고 내 머리를 만져주며 머릿니를 가려내시던 엄마의 손길. 그때 엄마는 고운 목소리로 달에 사는 토끼 이야기를 들려주셨다. 그 목소리와 그 손길에 달콤하게 잠에 빠져들던 기억. 나는 그 시간을 통해 쑥쑥 자랐다.

우리 아이들도 내가 들려주는 이야기에, 머리를 쓰다듬는 내 손길에, 잘 자라나겠지. 오늘 밤도 마음 한 뼘 자랐길 기도해본다. 어느새 강아지 두 마리가 모두 잠이 포옥 들었다.

아이는 자란다

고등학교 단짝이었던 친구와 나는 비슷한 시기에 결혼했다. 먼저 첫아기를 낳은 나를 보러 오면서 친구는 아기 선물로 텔레토비의 나나 인형을 가져왔다. 인형은 배를 누르면 인사를 했고 노래를 들려주기도, 웃기도 했다. 저보다 조금 작은 나나 손을 잡아 뒤뚱거리며 끌고 다니는 딸아이의 모습이 인형처럼 귀여웠다.

아침마다 텔레토비를 보던 아이는 텔레비전 속 나나가 자기 옆에 있는 것을 무척 신기해했다. 눈을 동그랗게 뜨고 큰소리로 내게 매일 이야기할 때마다 "나나가 이준이랑 친해지고 싶어 우리 집에 왔나 보다" 하고 말해주었다.

어느새 나나보다 키가 자란 아이는 동생을 업고 집안일 하는 엄마를 보며 저도 인형을 업고 종종걸음으로 집 안을 돌아다녔다. 지금은 거실 장식장 안에 앉아 있는 나나, 장식장 선반 높이보다 키가 커서 고개를 구부린 채다. 아직도 소리가 날까 혹시나 하며 배를 눌렀는데 깜짝 놀랄 만큼 여전히 밝은 목소리를 들려준다. 이제는 나나처럼 작던 아이가 나보다 키가 더 클 만큼 세월이 지났는데도.

아주 잠깐이었지만 아이가 없어져 동네를 사방팔방 뛰어다니며 헤매다가 다른 집 계단에 나나를 안은 채 놀고 있던 아이를 발견했던 기억이 있다. 아이를 데리고 돌아오는 길, 쿵

쿰 소리 내며 아이 냄새를 가득 맡으며 가슴을 진정시킬 수 있었다. 그때가 떠올라 아이 옆구리를 쿡 찔렀다. 영문을 모르는 아이는 다시 내 옆구리를 찔렀고 몇 번을 더 주고받다가 간지러워하며 함께 웃었다.

마음이 부풀어 오른다

둘째 아이 앞머리를 다듬어주었다. 날도 더운데 머리카락이 눈썹을 덮어 더 더워 보였다. 큰아이는 이제 더 이상 내게 자신의 머리카락을 맡기지 않는다. 엄마의 실력을 믿을 수 없다고.

나도 초등학교 시절, 엄마가 살짝 끝만 다듬어준다고 시작해서 양쪽 길이 맞추다 댕강 짧아져 버린 머리 모양에 엄청 속상했던 기억이 있다. 그 머리를 하고 학교 가는 것이 창피해진 나는 혼자 끙끙대다 머리를 토끼 귀 모양으로 질끈 묶고 등교했었다. 지금 생각해보니 그 모습이 훨씬 더 이상했다.

아직 어린 둘째는 눈을 꼬옥 감고 엄마를 완전히 믿고 기대하고 있는 눈치다. 아이가 보내는 무한신뢰에 오히려 내가 더 긴장됐다. 얼굴에 붙은 머리카락을 수건으로 살살 털어낸 후 아이에게 거울을 보여주었다. 거울에 비친 제 모습을 살짝 낯설어하는 듯하더니 이내 만족스러운 미소를 지으며 한마디 던진다. "으음, 괜찮네." 바짝 긴장했던 마음이 스르르 풀려나간다. "고마워, 예쁜 딸. 그렇게 말해줘서!"

아이가 행복해하는 모습, 아이의 아름다움에 내 마음은 한없이 부풀어 오른다. 이런 사랑, 이전에도 있었는지 가물거릴 때쯤 더 벅찬 사랑이 찾아온다.

푸른 나무 같고 노란 들판 같다

"엄마께서 사주신 옷을 입어보았다. 언니 옷은 푸른 나무 같고 내 옷은 노란 들판 같다. 그리고 나는 그 옷들이 참 예쁘다."

언니 옷을 물려 입던 둘째가 기분이 넘치게 좋은지 말도 꺼내기 전에 일기장을 펴들고 엎드려 쓴다. 아이들 옷을 사서 오는 날은 새 옷을 입고 좋아할 아이들이 떠올라 집으로 돌아오는 내내 마음이 설렌다.

꽃무늬가 인쇄된 부드러운 면의 실내복을 입고 두 마리 예쁜 새처럼 재잘대다 빙그르르 돌며 좋아라 한다. 크기도 넉넉해서 두 해는 족히 입을 수 있을 것 같다. 이따금 만족스럽게 내가 좋아하는 사람들의 물건을 사게 되는 날은 내가 선물 받은 것처럼 기분이 좋다. 서로 바라보며 함께 웃고, 그 마음이 서로 전해지는 게 좋다.

'옷이 날개'라는 말이 우리 아이들에겐 '날개가 돋아나 날아갈 듯 기분이 좋다'는 말로 쓰이는 것 같다. 푸른 나무 같은 아이와 노란 들판 같은 아이들이 이 기분 좋은 마음을 잘 간직하기를. 먼 훗날 소소한 오늘 일이 가슴 따뜻한 추억으로 떠올려질 수 있도록. 이토록 작은 일에도 넘치게 기분 좋아 일기장을 펼치는 마음이 있었음을 기억하기를.

하굣길 꽃다발

나의 최대 적은 몸살감기이다. 계절이 바뀔 때마다 조심한다고 신경 쓰는데도 으슬으슬 소리 없이 찾아오는 침입자는 꼭 한 번 나를 거쳐 간다.

몸이 편할 때는 모르다가 이렇게 된통 앓게 되면 내 몸 중한 줄 알게 되고 건강할 때의 고마움도 새삼 깨닫게 된다. 콧물, 눈물, 오한에 목도 아프고, 약만 겨우 챙겨 먹고 반나절 누워 있었다.

꼼짝하지 않고 누워 열심히 감기와 싸우는 엄마를 위해 둘째 아이가 하굣길에 맥문동으로 예쁜 꽃다발을 만들어 와 유리병에 꽂아주었다. 길가에 쪼그리고 앉아 꽃가지를 엮었을 아이의 모습을 상상하니 희미하게 미소가 번졌다.

다시 아이가 되고

드드, 드드드. 우리 외할머니 녹색 땡땡이 이름표. 체크무늬 바지에도, 분홍색 고쟁이에도, 연보라색 때 타월에도, 하늘색 턱받이에도, '김정순'은 녹색 땡땡이. 아는지 모르는지 우리 할머니 막힘없이 돌아가는 재봉틀 소리에 "재밌게나 나간다" 하고 콧노래 부른다.

십여 년간 엄마는 치매에 걸린 외할머니를 홀로 모셨다. 자신이 누군지도 모르고 딸도 못 알아보는, 혼자서는 아무것도 할 수 없는 사람이 돼버린 우리 할머니. 요양원으로 모시기로 한 날, 할머니 옷이 다른 분들 옷과 쉽게 구분되도록 이름표를 만들어 박았다.

그 옛날, 바느질과 재봉질로 세월을 보낸 우리 할머니는 기억의 작은 조각 안에 저장된 막힘없이 돌아가는 재봉틀 소리를 들으며 아이처럼 좋아만 하신다. 녹색 바탕에 흰 물방울무늬가 있는 천을 작게 잘라 속옷, 겉옷, 수건, 누비 조끼…. 할머니의 모든 것에 이름표를 재봉질하는 우리 엄마. 바느질하는 것처럼 콕콕, 당신 마음도 아프신 것 같다.

식은 밥 같은 할머니

식은 밥 같은 우리 할머니
밥 한 숟갈 드시고
식은 콧물 한 방울 흘리신다.

예전엔 손이 왜 이리 차디차냐고
혀를 차시며 걱정스러운 눈으로
내 두 손을 감싸 쥐여주셨는데….
이제 내 손은 따뜻한데
할머니 손은 차디차다.

잡고 있어도 그때뿐.
아무도 모른다.
먼 훗날 나에게도, 우리에게도 찾아올
식은 밥 같은 모습.
가슴에 작은 구멍 하나 뚫린 듯
자꾸 바람이 가슴속을 스친다.

가족사진

쪽빛이 도는 보라색 치마에 진달래색 저고리를 입은 할머니. 오늘은 엄마가 입술까지 곱게 발라주셨다. 두 돌 된 조카와 할머니를 번갈아 부르며 사진 찍느라 쩔쩔매는 사진기사님. 조마조마 눈치 보며 바라보다가 할머니, 할머니, 부르며 돌아앉게 한다.

아기를 참 좋아하는 우리 할머니. 친증손자인 줄도 모르고 그저 아기라서 예뻐하는 할머니 모습이, 서글프다. 앞으로 이런 가족사진을 얼마나 찍을 수 있을까?

시간이 흘러 할머니 삶의 기억이 더 소멸하기 전에 이 순간을 사진으로나마 멈춰 있게 하고픈 마음에 치매를 앓고 계시는 할머니를 모시고 가족사진을 찍었다. 가족의 얼굴은 볼 때마다 미소가 번지니까, 찍어놓은 사진이 많을수록 웃을 일도 많아지겠지.

유리성 공주님

엄마는 아셨을까? 그 시절 집마다 하나쯤은 있었던 것 같은 장식 인형이 우리 집에도 있었다. 3단 장식장 맨 위 제법 큰 유리 상자 안, 우아한 머리 모양에 하늘거리는 노란 캉캉 드레스를 입고 옅은 미소를 띤 아름다운 헝겊 인형이었다.

나는 거의 매일 인형 놀이를 했고 혼자서 집을 보게 되는 날엔 어김없이 내 놀이의 주인공은 그 인형이었다. 왜 몰래 해야 한다고 생각했을까. 장식장 앞으로 책상 의자를 끌어와 그 위에 올랐다. 그러고서도 까치발을 들어야 유리 상자 뚜껑을 열 수 있었고 조심스레 인형 머리 부분을 잡아 간신히 빼내었다. 그때마다 내 귀에 들릴 정도로 심장이 크게 뛰었다. 운이 좋은 날엔 단번에 인형을 꺼낼 수 있었지만 긴장한 손끝의 땀 때문이었는지 끙끙거리다 인형 머리를 놓치는 날이 많았다.

시간이 지날수록 점점 인형 꺼내기가 수월해졌는데 그건 내 키가 조금씩 자랐기 때문일 것이다. 무도회에서 왕자님과 즐겁게 춤을 추다 자정을 알리는 종소리에 화들짝 놀란 신데렐라가 재투성이 아가씨로 변한 것처럼 어느 때부턴가 윤기가 반지르르 곱던 꽈배기 모양의 인형 머리가 조금씩 헝클어지기 시작했다. 어른들에게 들킬까 봐 조마조마했지만 끝까지 눈치채지 못하셨던 것 같다.

세계 명작 문학 전집 50권은 나와 인형을 위한 아늑한 공간을 만들기에 안성맞춤이었다. 발레리나 같은 멋진 다리와 하얀 손가락, 반짝이는 커다란 눈에 아름다운 드레스를 입고 유리의 성에 살다가 인형 놀이 때마다 하늘에서 내려오는 선녀처럼 등장한 공주님. 어깨가 훤히 드러나서 추울까 봐 손수건을 접어 둘러주기도 했는데, 그때마다 고맙다고 따스하게 웃어주었던 나의 공주님. 늘 혼자인 나에게 다정한 친구가 되어주던 유리성 공주님.

곰 인형

밤하늘에는 수없이 많은 별이 빛나고 있었을 텐데 반짝이는 그의 눈을 바라보느라 별들은 안중에도 없었다. 좀 더 함께 있고 싶어 한 정거장 지나쳐 버스에서 내렸다. 시원한 밤공기가 기분 좋게 볼에 와 닿던 날, 풋풋한 그의 미소와 다정함이 꼭 잡은 손으로 느껴졌다. 집 앞에 다다랐을 즈음 그가 내내 옆구리에 끼고 있던 커다란 곰 인형을 쑥 내밀었다. 빨간 하트 무늬가 잔잔한 투명 포장지 안으로 곰돌이의 동그랗고 까만 눈과 코, 방긋 웃는 입이 사랑스러웠다. 갈색 리본을 목에 두른 보드라운 털을 가진 곰 인형은 그날부터 나와 단짝이 되었다. 안고 자거나 베고 눕기도 하고 맘 상하는 일이 있는 날엔 화풀이를 하기도 했다. 그렇게 6년 연애 끝에 우리는 결혼했다.

결혼 직후 바로 외국에 나가 사느라 나중에 듣게 된 이야기가 있다. 한번은 동생이 베란다에서 곰 인형의 먼지를 털다가 오래된 단추 눈 하나를 떨어뜨렸다고 한다. 다급하게 엄마를 부르며 외마디 비명을 질렀다지. 그 얘길 듣고 한참 웃음이 났다. 내가 떠난 뒤에도 늘 그 자리에 있었고 다시 돌아왔을 때도 새로운 추억을 전해 준 곰 인형. 처음의 보송하고 통통한 모습도 사라지고 떨어진 눈 대신 다른 단추를 달아 짝눈이 되었어도 여전히 우리 곁에 있다.

네 개의 붓

풀색이 좋다. 자연스러운 색감이 편안함을 준다. 아이들 방과 공부방, 거실을 풀색으로 페인트칠했다. 하루 대부분의 시간을 집에서 보내는 터라 평소 집 꾸미는 일에 관심이 많다. 얼마 전부터 군데군데 누렇게 올라온 벽지가 신경 쓰이기 시작했다. 청소해도 깨끗한 느낌이 없으니 궁리하고 궁리한 끝에 일을 벌이기로 작정한 것이다.

거실은 남편과 함께 주말마다 틈틈이 칠했는데 엄마 아빠만 재밌는 거 한다고 부러워하는 아이들에게도 붓을 들렸다. 맘대로 하는 붓질에 신이 난 둘째는 낙서하다가 이내 꾀가 나는지 아빠를 보고 배시시 웃는다. 큰아이는 처음부터 책임감을 갖고 꼼꼼하게 열심히 칠한다.

고운 풀색으로 옷을 갈아입은 우리 집을 보니 눈이 즐겁다. 나에게만큼은 세상에서 가장 안락한 공간. 당분간 웬만한 일쯤은 툴툴 털어버리는 여유가 생길 듯하다.

간절한 기도

"저의 눈물이 아이의 상처에 위로가 되게 하시고, 저의 칭찬 한마디가 아이 스스로 사랑하는 마음을 키우는 데 도움이 되게 하시며, 저의 인내로 아이의 마음에 용기가 자라게 하소서. 아이가 제 길을 바르게 찾아가는 데 저의 기도가 작은 등불이 되게 하소서."

자식은 눈물로 키운다는 말이 있다. 기뻐서 눈물이 나고 마음이 아파서 눈물이 난다. 마음을 가라앉혀보려고 걸레질을 더 열심히 해본다. 고된 노동으로 내 마음이 삭여질까 싶어서. 아이들이 없었을 때는 도대체 내가 어떤 기도를 했었나 싶을 정도로 하루 종일 걱정이 떠나지 않는다.

아무리 생각해도 내 능력 밖의 일이다. 어느새 나도 모르게 집에 모셔져 있는 십자고상 앞에 무릎을 꿇고 도움을 청한다. 엄마 역할이 처음이라 서툴고 부족하지만 저의 이런 염려와 기도로 아이들이 세상에 필요한 소금 같은 사람으로 잘 자랄 수 있도록 도와주세요.

책 읽는 충만한 기쁨

우리 식구 네 사람은 요즘 각자의 공간에서 독서를 한다. 남편은 일인용 소파에 깊숙이 앉아 책을 읽고, 큰아이는 침대에 엎드려 읽던 수필집을 엎어놓고 휴대전화를 보고 있다. 작은아이는 책상 위에 펼쳐놓은 여러 교재를 들추며 과제를 하느라 여념이 없다. 나는 작업 책상 한쪽에 독서대를 놓고 책을 본다.

아이들이 어릴 땐 한 권의 그림책을 넷이 머리를 맞대고 보았다. 아빠가 작은 아이를 무릎에 앉히고 호랑이, 여우, 토끼 목소리로 책을 읽어주기 시작하면 그림 그리며 놀던 첫째도 어느새 곁에 다가와 책 속 이야기에 빠져든다. 그 모습이 예뻐 얼른 카메라에 담고는 책 속 그림보다 예쁜 아이들의 눈망울이며 입가에 배시시 번지는 미소를 보기 위해 옆에 끼어 앉았다. 매 순간 이 세상에서 두 딸을 낳아 엄마가 되고 아빠가 되었다는 충만한 기쁨에 새로이 눈떴다.

어느덧 서로 읽고 싶은 책이 달라졌다. 아이들이 그만큼 독립적인 존재로 자랐다는 뜻이겠지. 살을 비비며 함께 그림책을 읽어주던 기억은 그리움으로 남겨두고 이젠 각자의 관심과 꿈을 이루기 위해 책을 펼치는 아이들을 격려하며 응원해주련다. 그날 찍은 사진 속 우리 모습이, 나는 정말 사랑스럽다.

목련 꽃잎

봄이 되어 이렇게 꽃이 흐드러지게 피면 그때 비로소 알게 된다. 아, 이 나무가 목련이었구나. 작년 이 무렵엔 비가 잦았다. 그래서 목련이 꽃을 제대로 피우기도 전에 바닥에 떨어져 흙빛으로 변했다. 소담스럽게 매달려 있던 자태와는 다르게 가지 끝에서 떨어진 목련 꽃잎은 유난히 처참해 보여 봄을 빼앗긴 상실감마저 들었다.

장 보고 돌아오는 길. 아직은 차갑게 파고드는 바람에 옷깃을 여미며 걸음을 재촉하다 무심코 고개를 들었는데…, 하늘을 향해 일제히 꽃봉오리를 맺은 목련 나무가 우뚝 서 있다. 유난히도 피고 지는 모습이 뚜렷한 꽃, 목련이 봄이 찾아왔음을 알려준다. 짧지만 이 봄의 주인공이었다.

흙빛으로 변해 땅속에 스며들어 제 몫을 다하는 목련 꽃잎을 보며 나 역시 때로는 물러서야 할 때, 희생해야 할 때, 묵묵히 바라봐야만 할 때를 아는 꽃잎이 되고 싶다. 그렇게 피고 지는 꽃잎이고 싶다.

목련 꽃잎 덕분에, 뚝뚝 떨어져도 다음 봄에 새롭게 피는 때가 있다는 것을 분명히 알게 되었으니 새삼 참 고맙다. 아쉬워하지 않으리. 삶의 모든 시간에 충실을 다할 뿐.

인생의 메마른 시기가 왔다 해서

한없이 계속되지는 않을 것입니다.

인생의 폭풍 같은 시기가 왔다 해서

그 역시 한없이 계속되지는 않을 것입니다.

다시 봄비가 내릴 것이고

다시 밝은 햇살이 비칠 것입니다.

나는 지금, 그렇게 믿으며 살고 있습니다.

4부

우리는 그렇게,
그렇게 살아간다

가난이 우리를 키운 시절

집 앞 화단에 분꽃이 있었다. 까만 씨앗을 벗겨내면 나오는 하얀 알맹이를 돌로 빻아 분가루로 만들어 볼에 하얗게 칠하고, 호박꽃 수술을 따다 손톱에 칠하며 소꿉놀이했다. 해가 저물어가는 줄도 모르고.

소꿉이라고 해봐야 플라스틱 종지 몇 개가 전부였지만, 풀을 뜯고 붉은 벽돌을 빻아 만든 고춧가루를 넣어 만든 김치와 모래로 한 밥을 친구들과 냠냠 먹으면 신기하게도 정말 배가 부른 것 같았다. 더운 날은 그늘을 찾아 소꿉을 펼쳤고 추워 손가락이 곱아질 때면 따뜻한 햇살 아래 자리를 폈다. 매일매일 같은 놀이를 반복해도 늘 즐거웠던 소꿉놀이. 조금 부족하고, 조금 모자라고, 조금 아쉽고….

돌아보니, 어린 시절 우린 그랬다. 먹을 것도, 입을 것도, 물건도 꼭 필요한 만큼 가졌다. 방도 부족해 한 방에서 식구가 부대끼며 함께 잠을 잤다. 하지만 지나온 날들을 바라보니 지금은 '가난'이라고 생각되는 그것들이 그 시절 우리를 키웠다.

할머니와 토마토밭

내 어릴 적 여름 간식은 붉게 익은 토마토였다. 양손으로 잡고 크게 한입 베어 물었을 때 툭 터지며 입안을 가득 채우는 토마토 과즙. 지금은 고층 아파트가 숲을 이룬 양재천 근처, 외할머니와 함께 다라이를 들고 동네에 있는 토마토밭으로 토마토 간식을 사러 가곤 했다.

밭으로 직접 가면 맛도 좋고 값도 좋게 살 수 있어 토마토는 꼭 토마토밭에서 사시곤 했던 할머니. 뜨겁게 달궈진 여름날 햇볕을 뚫고 힘겹게 사 온 토마토를 집에 오자마자 찬물에 씻어 한입 베어 물었을 때 다디달게 차오르던 그 맛. 결코 잊을 수 없다. 아무리 맛 좋다 하는 토마토들을 먹어봐도 할머니와 함께 사 온 그 토마토, 할머니 다라이에서 꺼낸 그 토마토만큼은 결코 못하다.

가족 입에 들어갈 끼니를 책임지는 엄마가 되고 보니 그 먼 거리를 무거운 다라를 이고 왕복한 할머니의 마음이 새삼 크게 느껴진다. 가족을 위해 온전히 희생하신 그분의 삶이 오늘따라 가슴을 묵직하게 누른다.

라일락 꽃향기 맡으면 잊을수없는 기억에 햇살가득 눈부신 슬픔안고 버스창가에 기대우네.
가로수 그늘아래서면 떠가는듯 그대□□□□□□는 한비 흩날린 가을오면 아침찬바람에 지우지
이렇게도 아름다운세상 잊지□□□□□내가사랑한 얘기 우우우 여위어가는 가로수
그늘밑 그향기 더 하는데~ 우우우 저별이지는 가로수 하늘밑 그향기 더 하는데~
내가 사랑한 그뎌는 아나~

이문세 가로수그늘아래서면

오이소박이

노래는 추억이다. 이문세의 〈가로수 그늘 아래 서면〉을 듣고 있으면, 반짝이며 부서지는 햇살을 품은 싱그러운 나무 아래를 걷는 이십 대의 내가 겹쳐 보인다. 그때 만난 사람, 그때 좋아했던 장소, 즐겨 입던 옷….

젊음의 가치를 깨닫지 못하는 젊은이들의 모습이 안타까웠을까? 버나드 쇼는 "젊음은 젊은이에게 주기에는 너무 아깝다"고 말했지만, 생각해보면 그 가치를 모르기 때문에 젊은이라 말할 수 있지 않을까. 나 역시 아무것도 모른 채 그 시기를 지나며 실패하고, 잃고, 견뎌내면서 젊음의 가치를 깨닫는 나이가 되어가는 중이다.

오늘은 모처럼 내가 좋아하는 김치를 담근다. 오이소박이. 그때 노래를 들으니 시간이 멈춘 듯 이십 대의 꿈 많던 내가 그립기도 하지만, 알맞게 익은 오이소박이에 물 말은 밥을 먹을 생각하는 지금의 나도 나는 마음에 든다.

첫 그림일기

달콤한 복숭아 두 개 쟁반에 담겨 나를 기다리고,
땀으로 얼룩진 나를 씻겨줄 엄마가 기다리는 우리 집.
지하수라 더 차디찬 물에 비누칠 박박 해서
엄마가 구석구석 씻겨준다.

눈도 번쩍, 입도 번쩍, 정신도 번쩍!
그날 저녁 '만세' 하고 서 있는 벌거벗은 내 모습을
엄마의 도움으로 처음 그림일기를 썼던 기억이 난다.

기상과 취침, 시계 그림이 있는 일기장에
복숭아 두 개 색연필로 칠하고
엄마가 불러주는 일기를 한 글자 한 글자 삐뚤빼뚤
써내려가며 설레던 내 마음, 아스라하다.

요즘 아이들에 비하면 턱없이 부족하고
참으로 더딘 배움이지만
'하루라는 삶'을 마음으로 배워 익힌 처음의 그날.

마음속 한가운데

어릴 때 나는 '아빠'가 들어가는 노래를 잘 부르지 못했다. 내 입으로 아빠라는 단어를 말해본 기억이 없어 왠지 어색했고, 음악 시간 선생님의 풍금 반주에 맞춰 동요를 따라 부르게 될 때면 이 세상에 존재하는 금기어라도 되는 듯, 목구멍 깊은 곳에서 간질간질 맴돌다 그냥 얼버무리곤 했다.

초등학교 때는 아빠의 부재가 창피했고 숨기고 싶었다. 어쩌면 그래서 한 살 아래 남동생은 친구들에게 "아빠가 미국 가셨다"고 얘기하고 다녔는지도 모른다. 중학교 1학년 첫 미술 시간에 부모님 그리기를 하면서 나처럼 아빠가, 혹은 엄마가 안 계신 친구들이 있다는 사실을 처음 알게 되었다.

늘 일하느라 바쁜 엄마는 머리에 수건을 두르고 집안일을 하는 모습으로, 세상을 너무 일찍 떠나버린 아빠는 수염으로 턱이 거무스름하고 망치를 들고 못질하는 모습으로. 나는 내 마음속의 엄마 아빠를 그렇게 그렸다. 그때 어렴풋이 깨달았던 것 같다. 부모님은 삶과 죽음을 떠나 언제나 내 마음속 한가운데를 차지하고 계시다는 것을.

삶의 매 순간 참으로 선명하게 나를 멈춰 서게 하고, 바라보게 하고, 깨닫게 하는 존재, 엄마, 아빠. 부모님은 내 존재의 가장 선한 본질인지도 모른다.

이 모든 아름다움

성큼 와 있는 가을,

높고 푸른 하늘,

가을걷이 전 노랗게 무르익어 가는 들판,

가는 길목마다 반겨주는 들꽃,

몸을 살찌우는 맛난 음식,

행복하게 미소 짓는 어머님, 아버님, 우리 엄마.

이 모든 여행을 계획한 생의 반려자.

오늘 하루 이 모든 아름다움에 감사해.

까만 김

까만 김에 들기름 칠
쓱ㅡ 쓱쓱ㅡ 쓱ㅡ 쓱쓱ㅡ
하얀 소금 솔솔 뿌려
빠알간 구멍 연탄불에
석쇠 놓고 바싹 구워
하얀 밥을 싸서 한입.

입안에 퍼지는
할머니 내음, 바다 내음.

먼저 떠나보내는 일

할머니와 둘이 아빠 산소에 갔던 기억이 있다. 할머니는 아들 생각에 울었다. 청하 한 잔 가득 부어놓고 울었다. 물린 술을 드시고 노래를 읊조리며 더 슬프게 우셨다. 어린 나는 그런 할머니가 가슴 아프도록 불쌍했다.

며칠 전 아버지 기일을 맞아 엄마를 모시고 성묘를 다녀왔다. 산소에 갈 때마다 할머니와 둘이 연신내에서 시외버스를 타고 갔던 그날이 떠오른다. 버스를 기다리다 지쳐 할머니 가방을 깔고 쭈그려 앉아 있던 내 모습, 햇살이 창으로 가득 쏟아져 눈을 제대로 뜰 수 없었던 비좁았던 버스 안, 해가 넘어 으슥해지도록 아들 곁을 떠나지 못하는 할머니. 그날 나는 마음 깊은 곳까지 닿는 삶의 한 부분을 경험했다. 사랑하는 사람의 부재가 얼마나 절망스러운 고통인지 어렴풋이 깨달았던 것도 같다. 이렇게 오랜 시간이 흘러도 아버지를 뵈러 갈 때마다, 또는 지하철 노선도에서 연신내를 볼 때마다 그날의 어린 나로 고스란히 돌아가니 말이다.

지금은 아들만큼이나 나를 예뻐해 준 할머니도 곁에 없지만 어느 순간 나는 삶과 죽음을 자연스럽게 받아들일 수 있는 어른이 되었고, 무엇보다 이젠 우리 할머니가 그렇게도 그리워하던 아들과 함께 계신다는 사실에 마음이 놓인다. 할머니, 이제 아빠 손 꼭 잡고 행복하세요.

에티오피아의 모든 아침은   집집마다 향기 그윽한 '분나 세레모니'
(커피의례)로 시작된다.   무쇠판에 커피콩을 볶고 나무 절구에
빻아서 천천히 끓여내는 것은 젊은 어머니가 주재한다.
할머니는 붉은 보리를 나눠주며 이야기를 들려준다.
첫번째 잔은 우애의 잔.
두번째 잔은 평화의 잔.
세번째 잔은 축복의 잔.
가족들은 세잔의 분나를 마시고 포옹을 나누며
해뜨는 대지의 일터로 떠난다.

                        2008 박노해

오직 사랑만이

《노동의 새벽》이란 책으로 익숙한 박노해 씨의 사진전을 보았다. 지구상에서 제일 아프고 가난한 땅인 아프리카, 중동, 아시아, 중남미에서 그들이 짊어진 가난, 분쟁, 아픔과 고통의 삶을 담은 사진전에서 내 발길을 잡았던 사진 한 장이 있었다. '에티오피아의 아침을 여는―분나 세레모니'

"에티오피아의 모든 아침은 집집마다 향기 그윽한 '분나 세레모니(커피 의례)'로 시작된다. 무쇠 판에 커피콩을 볶고 나무절구에 빻아서 천천히 끓여내는 것은 젊은 어머니가 주재하고, 할머니는 볶은 보리를 나눠주며 이야기를 들려준다. 첫 번째 잔은 우애의 잔, 두 번째 잔은 평화의 잔, 세 번째 잔은 축복의 잔. 가족들은 석 잔의 분나를 마시고 포옹을 나누며 해 뜨는 대지의 일터로 떠난다."

사진 옆 글을 읽으니 목구멍이 턱 막히고 눈물이 핑 돌았다. 거기에는 전쟁 같은 가난도, 마른 우물 같은 배움의 갈증도, 타는 듯한 목마름의 땅에서 느껴지는 고통도 없었다. 오직 '사랑'만이 있었다. 그 충만한 사랑이 내게도 고스란히 전해지고 있었다. '무엇인가를 소유한다는 것은 또 다른 것의 포기를 의미한다'는 로마서 성경 구절이 떠오른다. 나는 어떤 것을 소유하기 위해 무언가 아주 소중한 것을 놓치며 살고 있는 건 아닐까 생각해보며….

수놓기

오늘도 하얀 레이스 커튼이 드리워진 창밖으로 안개가 낀 듯 차가운 공기가 무겁게 내려앉은 우울한 동네의 모습이 보인다. 물론 이곳은 한겨울에도 푸른빛을 발하는 잔디밭에, 늘 꿈꿨던 붉은 벽돌집이 늘어선 아름다운 곳이다. 하지만 오늘 아침에도 이곳이 여전히 낯설기만 하다.

서울에서 결혼식을 마치고 바로 떠나온 이곳 영국 레딩에서 남편과 나는 두 달의 시간을 보내고 있다. 앞으로 두 달 정도를 더 보내야 하는데 을씨년스러운 날씨에 적응하기가 쉽지 않다. 뜨끈한 온돌에 익숙한 내 몸은 벽에 붙은 작은 히터 하나가 전부인 이 집에서 아침이면 이를 딜딜딜 부딪치며 하루를 시작한다. 따뜻한 차와 토스트를 먹고 나면 그제야 몸도 풀리고 마음도 녹는다.

남편이 학교에 가고 나면 온종일 나 혼자만의 시간이다. 잿빛 감도는 겨울의 막막함…. 대충 집 안 정리를 마치고 나서 지난 주말 시내에 있는 바느질용품 가게에 들러 눈 돌아갈 만큼 구경하다가 사 온 동그란 수틀 몇 개와 펠트 천, 색실, 바늘 세트를 꺼낸다. 아, 예뻐라.

좋아하는 색실을 꿰어 결이 부드러운 펠트 천 위에 무작정 바느질을 시작한다. 여러 개의 기하학적인 무늬가 포개어져 어느덧 별처럼 보이기 시작하면 좀 더 화려하고 아름다운 별 모양을 만들며 완성해 나간다. 꽃 모양으로 바느질을 시작해도 마무리하면 별이 되었다. 희미한 식탁 등 아래에 앉아 시간 가는 줄 모르고 '아름다운 별 하나'를 수놓기에 빠져드니 이보다 더 좋을 순 없다.

어느덧 해가 뉘엿뉘엿 지고 어둠이 찾아들면 저녁 식사를 준비하기 위해 일어나 기지개를 켜며 창가로 간다. 하나둘, 하늘로 올라오는 작은 별들이 앙증맞다. 고요한 동네에도 별처럼 하나둘, 불이 켜진다. 수를 놓는 내 마음에도 하나 둘, 불이 환히 밝혀진다.

고맙습니다. 서로 사랑하세요.

바람과 추위가 아무리 매서워도 올 수밖에 없었다. 한없는 온기를 우리에게 남기고 떠나신 어른, 김수환 추기경님. "고맙습니다. 서로 사랑하세요." 그분이 남기신 유언 앞에서 나는 한없이 슬퍼할 수만은 없었다.

아이들과 단단히 채비하고 도착한 명동성당. 정류장 도착 전 차창 밖으로 보이는 조문 행렬이 성당 밖 도로로 연결되어 끝이 보이지 않았다. 남녀노소, 종교를 초월하여 존경과 사랑으로 든든하게 믿고 의지했던 한 사람. 그분을 떠나보내는 마지막 인사를 하고픈 마음은 하나인 듯싶었다.

사람은 누구나 그 사람 그릇 크기만큼의 무게를 가지고 살아간다고 생각한다. 한 사람의 죽음 앞에 이렇게 깊고 많은 애도가 이어지는 모습은 그의 삶이 그만큼 거대하고 무거웠음을 보여준다. 이월 겨울 추위까지 더해져 차오르는 슬픔이 우리를 경직되게 만들지만, 남아 있는 우리가 걱정되어 남기신 그 말씀.

"고맙습니다. 서로 사랑하세요."

오래오래 마음속에, 머릿속에 간직해야 한다. 그리고 몸으로 살아내야 한다. 그분이 남긴 말씀, 이 세상에서 가장 선하고 좋은 그 경지.

기뻐하는 이들과 함께 기뻐하고
우는 이들과 함께 우십시오…
로마서 12.15

그렇지만 주님! 용서할수 있을까요…
아이가 : 부모가 : 제가 : 20140416

기억하고 기억하고, 또 기억해야 한다

안산에 다녀왔다. 합동 분향소 안에 놓인 수백 개의 영정사진을 마주한 순간 정신이 아득해지면서 다리에서 힘이 빠져나가는 것 같았다.

있을 수도 없고 일어나서는 안 되는 절망적으로 고통스러운 슬픔 앞에 고개를 떨군 채 국화꽃 한 송이 바치는 것 외엔 아무것도 할 수 없다는 사실이 참담했다. 그래도 정신을 바짝 차리고 영정 속 얼굴 하나하나 눈에 담아 기억하기 위해 애써보았다. 내 아이 같고 내 가족 같은 사람들….

모든 죽음에 이유가 있어야 하는 건 아니지만 왜 그렇게 떠나야 했는지, 우린 도대체 뭘 하고 있었던 건지, 그 어떤 진실도 알 수 없음에 분노가 일었다. 얼마나 함께 울어야 남겨진 가족들의 슬픔이 잦아들 수 있을까? 그런 날이 오기는 할까? 피어보지도 못하고 속절없이 삶을 다한 수많은 희생자와 고통스러운 슬픔의 소용돌이에 갇힌 남은 가족들, 긴긴 시간을 다독이고 끌어안으며 나의 힘과 용기를 나누어야 할 것 같다.

기억하고 기억하고 기억해야 한다.

그리고 함께해야 한다.

우리는 서로를 보고 자란다

할머니가 외가에서 오시는 날은 온 집 안에 시골 향기가 났다. 팥, 콩, 제사 떡, 똘똘 뭉쳐 싼 시금치, 참기름, 식혜 만들 엿기름…. 딸네를 생각하며 하나하나 꽁꽁 쌌을 할머니를 생각하면 지금도 가슴이 저릿저릿하다. 아마 우리 엄마도 그런 할머니 모습을 보고 배우셨겠지.

애들 키우느라 정신없어 딸이 밥도 못 챙겨 먹을까 봐 노심초사인 우리 엄마. 내가 좋아하는 우거지된장조림, 파김치, 깨끗하게 깐 햇콩, 사위가 좋아하는 겉절이, 애들 먹을 초콜릿까지, 반찬통마다 사랑을 가득 채워 오셨다. 그 옛날 할머니가 그러셨던 것처럼.

루돌프가 끄는 썰매에 산타가 선물을 가득 싣고 오듯, 한밤중 차 안 막힐 시간을 골라 딸네 집을 기습 방문하는 엄마. 바람도 쐴 겸, 과거에 인심 넉넉한 아낙들이었던 두 할머니를 뒤에 태우고 말이다. 집에 들어오시지도 않고 내 앞에 보따리를 떨궈놓고 가시는 뒷모습을 보고 있자면 나는 불현듯 죄인이 된 것 같다. 요 며칠 말도 참 못되게 했던 내 모습도 떠오르고, 사는 게 뭔가 싶은 마음도 들어 감사와 서글픔이 마음속에서 뒤엉킨다. 부족한 내 모습을 들킨 것 같아 낯이 달아오르기도 한다.

결혼하고, 아이 낳고 부모가 되어 점점 아이가 자라면서 엄마와 할머니를 여자로, 부모로, 사람으로 아주 조금씩 이해하게 되었다. 이따금 생각과 행동이 따로 움직여 서로에게 상처가 되는 말들이 오가기도 하지만 언제 그랬냐는 듯 서로를 이해해주는 관계. 엄마에게 한없이 퍼주기만 하는 사랑을 나 역시 보고 배웠으니 나도 그런 엄마가 돼야 할 텐데….

엄마는 할머니에게, 나는 엄마에게, 내 딸들은 나에게, 그렇게 서로를 보며 우리는 자란다.

여름날의 생일선물

어릴 적, 외할머니는 내 생일날이면 날 데리고 시장에 가셨다. 내가 좋아하는 노란 옥수수를 사 와 더 노랗게 쪄주시고 단물이 흐르는 천도복숭아를 맘껏 먹게 해주시는 걸로 손녀의 생일을 기념해주고 싶으셨던 것 같다.

오늘은 태안에 계신 고모할머니께서 보내신 택배가 도착했다. 할머니가 직접 키운 옥수수와 고추, 오이, 가지, 참기름…, 온갖 종류의 푸성귀가 담긴 조그만 봉지들이 작은 복주머니들처럼 상자 하나 가득 빈틈없이 담겨 있다. 그리고 맨 위에는 살짝 습기를 머금은 하얀 봉투가 놓여 있었다.

안부 인사와 더불어 각각의 먹을거리에 대한 간단한 설명들이었다. 한글인데도 힘 있는 한자 초서체처럼 느껴지는 할머니 글씨를 읽으며 나를 향한 그분의 마음이 읽혀 눈시울이 붉어졌다.

그 옛날, 옥수수와 천도복숭아를 먹으며 풍성했던 기분처럼 흙 내음 함께 실려 온 노란 상자 하나 가득 생일선물을 받은 기분이다. 여름날 오후, 들에서도, 내 마음 안에서도 모든 것이 충만하게 익어간다.

존재하는 것만으로

3.5킬로그램, 56센티미터.
나의 몸에서 나를 닮은 아기가 태어났다.
그러고 보니 나는 우리 엄마 몸에서,
우리 엄마는 외할머니 몸에서 나왔네.

세상 모든 일이 매일매일 새롭고 놀라운 일투성이지만
꼼지락꼼지락 손과 발을 움직이는 이 아이가,
내가 뭐라고 그 예쁜 눈을 맞춰주고
본능적으로 젖을 더듬어 빠는 이 작은 존재가
제일로 신기하고 놀랍다.

존재하는 것만으로도
감사함을 느낄 수 있다는 사실을 알게 된
나의 첫 경험.

비 내리는 낙엽 길

피아노 학원 다녀오는 길에 우산이 있는데도 축축해져서 들어온 둘째. 이유를 물으니 겨울을 재촉하는 보슬비를 맞으며 음악 볼륨을 낮게 해 낙엽 위로 떨어지는 빗소리와 함께 들으면 환상이란다. 낭만적인 아이를 위해 오늘 그린 그림을 보여주며 소감을 물으니 짧게 적은 소감 한마디를 건넨다.

"환상과 기묘함이 어우러진 비 내리는 낙엽 길에 당신을 초대합니다."

너에게
희망을

너에게 희망을

피아노 앞에 앉은 딸의 뒤태가 이제는 나만 하다. 천국, 지옥, 천국, 지옥, 지옥…, 중2인 딸과 내가 요즘 기거하는 곳이다.

아이가 오랜만에 피아노 앞에 앉았다. 비틀스의 〈Let it be〉, 자기를 그대로 내버려두라는 절규처럼 들리기도 한다.

"따라 달려간다고 아이의 영혼을 잡을 수 있는 건 아니다. 잠잠히 서 있으라. 그러면 그 영혼은 사랑을 위해 스스로 돌아올 것이다." 아서 밀러의 말을 곱씹어본다. 참 예쁜 아이다. 사랑스런 아이다.

월드컵

직장 동료들과 단체로 응원할 때 입는다는 남편 것 하나 담고, 우리나라 경기 있는 날이면 학교에 입고 간다는 딸들 것도 하나씩 담고, 나만 없으면 아쉬우니까 내 것도 겸사겸사 담고. 장 보러 갔을 때 마트에서 산 붉은악마 티셔츠 네 장. 전반 45분 동안 꼼짝 못 할 것에 대비해 시작하기 전 분주히 움직여 음료와 과자 한꺼번에 준비하고 각자 편한 자세로 응원을 시작한다. 집집마다, 온 동네가 숨소리까지도 하나로 모아지는 순간. 한 방에 모여 앉아 채널 다툼 없이 같이 기뻐하고 같이 아쉬워하는 한마음이 되는 시간.

그 작은 이불 하나에

계절이 바뀔 때면 외할머니는 이불 홑청을 뜯어내셨다. 그리고 깨끗이 빨아 풀을 먹이고 다듬이질을 해 빳빳해진 천으로 만들어 새로 꿰매곤 하셨다. 짙은 빨강에 짙은 초록 공단이 덧대어져 고운 한복을 입은 것 같았던 할머니의 이불. 외할머니는 이쑤시개 같은 대바늘에 무명실 길게 꿰어 이불을 꿰맸다. 마지막 땀질이 끝나고 긴 대바늘이 실패에 꽂히는 걸 보고 나서야 안심이 되어 그 곱고 바스락 소리 나는 이불 위에 벌렁 누워볼 수 있었다.

덜컹덜컹 세찬 바람 부는 밤, 새로 꿰매 구름 같은 이불 속에 온 가족이 폭 파묻혀 함께 잠들 때면 세상에서 가장 편하고 포근한 기분이 들었다. 할머니는 언제나 남은 자투리 천으로 내 인형 이불도 만들어주셨다. 다 큰 것이 인형 놀이 좋아한다고 이따금 잔소리도 하셨지만 손녀의 마음을 헤아려주신 할머니 마음이 얼마나 감사한지…. 그 이불은 여전히 우리 아이들 장난감 상자에 있다.

새하얗던 이불은 세월의 때를 입어 오래된 사진처럼 누렇게 변색했지만 나는 여전히 할머니가 꿰매주신 인형 이불이 너무 좋다. 가난하지만 마음은 넉넉했던 그 시절이 고스란히 그 작은 이불 하나에 담겨 있다.

목욕탕 가는 날

일요일 오후가 되면 엄마와 목욕탕에 갔다. 목욕 바구니에 비누, 샴푸, 린스, 때 타월, 빗, 그리고 일주일간 씻기지 못한 내 노랑머리 마론 인형도 함께 챙겨 넓은 타월로 덮어 엄마 옆구리에 착. 몸을 씻고 뽀얀 김이 서린 탕 안에 한 발을 넣으며 들어가는 순간, 어떤 날은 껍질이 홀딱 벗겨질 정도로 뜨거워 기겁하고 발을 뺐지만 엄마 말대로 풍덩풍덩 들어가 목까지 잠기고 앉아 있다 보면 오히려 기분이 몽실몽실 나른해지며 좋았다. 얼굴이 벌겋게 달아오르고 엄마가 박박 밀어준 등과 팔다리가 얼얼해지고 손바닥이 퉁퉁 불어 손 마디마디가 쪼글쪼글 주름이 생길 때쯤에야 목욕을 끝내고 탕을 나올 수 있었다. 엄마를 기다리며 빨대 꽂아 마시던 요구르트는 그야말로 천상의 음료. 하지만 행복도 잠시, 내게 끝나가는 일요일 저녁은 이미 어두워진 하늘만큼이나 울적했다. 내일이면 가장 사랑하는 엄마가 다시 새벽 출근을 해야 했고, 그러면 학교 다녀와 엄마가 보고 싶어도 엄마 옷 내음으로 대신해야 하니까.

그래서 나는 목욕탕에서 집으로 오는 길, 참 시원하고 상쾌한 그 길이 늘 서글펐다. 아파트 동 사이사이로 보이는 달을 보며 엄마가 낮게 부르기 시작하는 노래, 〈기다리는 마음〉을 늘 울적한 마음으로 듣곤 했다.

서로를 보듬으며

가끔 믿기지 않는 일들이 벌어질 때마다 신이 계시긴 한 걸까 절망하게 된다. 2014년 앞다투어 봄꽃이 피던 사월, 수학여행 길에 오른 학생들을 태운 배가 시커먼 바닷속으로 기울어가는 모습을 텔레비전으로 보았다. 녹아내리는 건지 타들어 가는 건지, 내 몸이 닳아 없어지는 것 같았다. 폭풍우가 치는 것도 아니고 작은 배도 아닌데 달나라도 가고 로켓도 수시로 쏘아 올리는 지금 세상에서 벌어질 수 있는 일이 아니었다. 절망이라는 표현도 부족했다.

그렇게 몇 해를 봄마다 붉게 피는 철쭉을 보면 눈과 마음이 시려왔다. 흐드러지게 피었다가 바람에 눈처럼 흩날리는 벚나무를 봐도 가슴에 난 생채기가 쓸리듯 아팠다. 온 세상이 생명으로 움틀 때 우리는 그들을 보냈다. 사랑하는 가족과 소중한 존재와의 이별, 그 고통 앞에 눈물로 그리워하고 기도로 떠나보내는 것밖에 할 수 없어 더 아픈 시간들.

나만의 방법으로 치유를 시작했다. 오랜 시간 깊은 바닷속에 있던 녹슨 세월호를 노아의 방주에 실었다. 작고 연약한 모습으로 이 세상에 오신 아기 예수님이 우리를 위로하신다. 이제는 곁에 없지만 다른 세상에서 충만하게 존재하고 있음을 믿는다. 사월이 가까워져 오면 시려오는 마음을 이렇게라도 보듬고 싶었다.

세월의 결

입덧이 지나고 나니 다시 입맛이 돌기 시작했다. 가끔 찾는 집 근처 식당에서 비빔밥 한 그릇 뚝딱 해치우고 오늘은 꼭 가볼 곳이 있었다. 늘 동네 안에서 이사를 다녔기 때문에 어릴 때부터 살던 동네의 소중함을 몰랐는데, 계속 얘기만 나돌던 재건축이 조만간 시작될 거라는 소식을 듣고 예전에 살던 아파트에 가보기로 한 것이다. 그곳에서의 추억과 흔적을 어떤 방식으로든 채집하고 싶었고, 배 속 아가에게도 좋은 소풍이 될 것 같았다.

오랜만에 찾은 장소는 익숙한 듯, 낯선 듯, 그렇게 나를 맞아주었다. 아파트 앞에 서서 내가 살던 집을 올려다보았다. 베란다에 걸린 세간살이가 그 집에 사는 가족을 말해주고 있었다. 빨래 건조대에 분홍빛 바지며 작은 옷가지들이 널린 것으로 봐서 어린 딸아이가 있나 보다.

아파트 동과 동 사이 공간은 어린 시절 가장 놀기 좋은 공간이었다. 고무줄놀이, 다방구, 오징어, 치기장난, 술래잡기…. 해가 뉘엿뉘엿 지고 어스름 저녁이 찾아와 베란다에서 저녁 먹으라는 엄마들의 고함이 들리기 전까지 놀이는 계속되곤 했다. 눈으로, 마음으로, 생각으로 시간여행을 하니 행복감이 밀려온다.

"여긴 엄마가 해가 뜨거울 때 와서 많이 놀던 곳이야."

배를 쓸며 얘기해주었다. 아파트 옆 공터는 지금 보니 조금 위험해 보이지만 그늘지고 시원한 데다 물 빠지는 수로 시설이며 아슬아슬한 난간까지 있어 모험 놀이를 하기에 최적의 장소였다. 듬성듬성한 잔디에 돗자리를 깔고 인형 놀이, 소꿉놀이하며 마냥 즐거웠던 시절 기억이 스쳐 지나간다.

여러 통의 필름을 아낌없이 써가며 사진도 찍고 스케치로도 담아보지만 이 모습이 조만간 흔적도 없이 사라질 거라고 생각하니 바라볼수록 아쉽고 섭섭하다. 깨끗하고 반짝반짝 빛을 내는 것을 선호하던 내가 낡고 오래된 것을 앞에 두고 여러 생각이 든다. 그냥 시간이 흘러 이리된 게 아닐 텐데….

엄마가 밥 짓는 내음, 아빠의 피로와 노고, 구석구석 배어든 소중한 가치들…, 그것들이 덧대어져 세월의 결로 만들어진 아름다운 낡음.

"아가, 너도 엄마처럼 아쉽지. 네가 태어나서 엄마가 놀던 곳에 함께 와볼 수 있었으면 좋았을 텐데. 내가 부지런히 그림으로 그려서 보여줄게. 그러니 많이 아쉬워하지 말고, 기대해."

따뜻한 물

따뜻한 물 같은 엄마가 되고 싶다. 욕조 물에 깊숙이 몸을 담그고 있을 때의 느낌이 엄마의 양수 속에서 태아가 느끼는 편안함과 비슷하다는 이야기를 들은 적이 있다. 어떤 불안도 없이 온 마음으로 기댈 수 있는, 안전한 둥지 같고 따뜻한 물 같은 엄마.

아이들의 유치원 알림장에 '부모님 발 씻겨드리기'가 오늘의 과제로 적혀 있었다. 아이들이 욕실에 들어가 커다란 대야에 물을 받고 따뜻하게 물 온도를 맞추고 있었다. 중요한 일을 앞둔 듯 소곤소곤 키득거리던 두 아이는 나를 불러 대야 앞 작은 의자에 앉게 했다.

엄마의 발을 한 쪽씩 차지하고 물을 끼얹으며 고사리 같은 손으로 뽀득뽀득 주물러 씻기 시작했다. 발바닥에 비누를 묻히며 정작 간지러운 건 난데 자기들이 더 웃으며 어깨를 들썩였다. 헹구려고 다시 새 물을 받고 우리 셋은 한 대야에 옹기종기 발을 담갔다. 따뜻한 물, 꼬물거리는 발들이 닿아 어느덧 마음까지도 따뜻하게 간지러웠다.

번호 키 누르는 소리가 들리고 남편이 곧 들어섰다. 화장실에서 들려오는 알콩달콩 소리에 모든 피로가 녹아내리는지 활짝 웃으며 들여다본다.

"당신도 양말 벗고 들어와요. 우리 애들이 발 씻겨준대."

JINE,KANG

미리 누리는 천국

"행복한 가정은 미리 누리는 천국입니다." 영국 시인 로버트 브라우닝의 말이 내게 깊은 울림을 주었다. 목소리와 음감, 성량도 각기 다른 가족 구성원이 '삶'이라는 노래를 조금씩 박자와 화음 맞춰가며 마침내 아름답게 부르게 되는 일은 가히 천국에 가까울 것이다.

삶을 행복만으로 채우며 사는 건 불가능한 일이다. 즐겁고 가벼운 곡도 있지만 예고 없이 고난도의 어려운 악보가 주어지기도, 본인 목소리에만 빠져 그만 듣기 힘든 불협화음이 되기도 한다. 그럴 때일수록 서로에게 귀 기울이며 목소리를 맞춰가야겠지.

아무래도 많은 연습이 필요할 테다. 함께 시간을 갖고 한 걸음씩 맞춰가다 보면 결국에는 듣기 좋은 하모니가 될 거라고 믿는다. 서로 눈 맞추고 배려하며 미리 천국을 누려본다.

마음이 눈꽃이 되는 순간

까만 밤, 하얀 눈이 하염없이 소리 없이 내려 세상 풍경을 바꾸고 있다. 자박자박 눈 위로 딛는 내 발걸음 소리만 낮게 들린다. 신호등 앞에 서 있는데 머리 위로 하얀 눈가루가 뒤덮인 소철 가지가 묵직하게 내려와 있다. 시선을 돌려 흰 눈이 곱게 뿌려지는 세상을 취한 듯 내내 바라보게 된다.

열일곱의 겨울방학. 이른 아침 눈을 떠 내다본 창밖에 펼쳐진 세상은 포근해 보이기까지 하는 겨울왕국이었다. 밤새 쉬지 않고 내린 눈이 시간을 정지시킨 것 같았고, 나는 두툼하게 옷을 챙겨 입고 이어폰을 꽂은 후 집을 나섰다. 아무도 밟지 않은 장소를 찾아 도착한 곳은 당시 다니던 학교 운동장. 그곳은 지금 생각해보면 어떤 시원始原의 장소 같았다. 보이는 것은 그저 하얀 하늘과 하얀 땅뿐. 넓은 운동장을 도화지 삼아 마음을 메우고 있던 수많은 감정들, 꿈과 설렘의 단어들을 뛰어다니며 써 나갔다. 벌러덩 누워 뒹굴며 그림책에서 본 천사도 만들었다. 그렇게 신나게 한바탕 뛰고 나니 내 안의 응어리가 풀리듯 형용할 수 없는 행복을 느꼈다. 그 시절 내가 되어 우산 끝으로 무거워진 나뭇가지를 툭툭 건드리며 잊고 있던 장난기를 일깨워본다. 하늘에서 떨어지는 하얀 눈꽃을 바라보며 황홀해진 내 마음, 다시 하얀 눈꽃이 되어 가벼이 하늘로 올라간다.

우리가 꿈꾸는 세상

"우리가 혼자서 꿈을 꾸면 오로지 꿈에 그치지만 모두가 꿈을 꾸면 그것은 새로운 세상의 시작이 된다."

오스트리아의 화가이자 건축 치료사라 불리는 훈데르트바서가 한 말이다. 그는 한 지역의 혐오시설이었던 흉물스러운 쓰레기 소각장을 동화 속에나 나올 법한 아름다운 건축물로 만들어냈다.

하늘공원에서 나는 그의 말을 떠올렸다. 아버님, 어머님, 아이들과 함께 나온 가벼운 산책길에서 경이로움마저 드는 아름다운 자연을 만났다. 이따금 청명한 빛깔의 하늘을 보면 그 색을 만들기 위해서는 어떤 색을 섞어야 할까, 머릿속으로 여러 색을 섞어볼 때가 있다. 결국 자연은 사람의 힘으로 만들어낼 수 있는 색이 아니라며 머릿속 팔레트를 덮곤 했다.

오늘 바라본 저 붉은 하늘도 감히 그 색을 표현하는 건 불가능하단 생각이 든다. 자연 앞에서 숙연해진다. 그리고 나는 티끌만 한 아주 작은 존재임을 깨닫는다. 스스로 낮아지는 이느낌, 그래서 자연 앞에 서면 우리 마음이 편안해지나 보다.

훈데르트바서는 그림을 잘 그리거나 혹은 그림 그리는 것이 좋아서 화가가 된 것은 아니라고 했다. 좋은 세상, 조화로운 세상, 함께하는 세상, 자신이 꿈꾸는 세상을 향한 이야기를 전달하고 싶어서 붓을 들었다.

자연과 인간이 조화롭게 공존할 수 있는 공간에 사랑하는 가족과 함께 있다 보니 나의 붓이 이야기할 좋은 세상, 조화로운 세상, 함께하는 세상은 어떤 세상일까 궁금해진다. 깊이 숨겨둔 질문이 마음속에서 떠오른다.

작
품

소
개

p.016
모두가 빛나던 밤,
97×145 cm,
캔버스에 아크릴, 2020

p.018
수박화채,
35×35 cm,
천에 자수, 2017

p.020
국수 점심,
16×22 cm,
캔버스에 아크릴, 2012

p.022
노란 방, 52.8×45.3 cm,
캔버스에 아크릴, 2013

p.024
별 밤, 60×90 cm,
천에 자수, 2021

p.026
할머니의 흰머리,
35×35 cm, 천에 자수,
2016

p.028
크리스마스트리,
35×46 cm, 천에 자수,
2017

p.030
반가움, 35×70 cm,
캔버스에 아크릴, 2018

p.032
삶과 죽음, 45.5×45.5 cm,
캔버스에 아크릴, 2017

p.034
안녕⋯ 할머니,
53×45.5 cm,
캔버스에 아크릴, 2018

p.036
오월의 찬가, 91×61 cm,
캔버스에 아크릴, 2018

p.038
목련 나무 아래에서,
91×73 cm,
캔버스에 아크릴, 2019

p.040
지하철 여행, 20×15 cm,
캔버스에 아크릴, 2012

p.042
청계산 소풍, 27.5×22 cm,
캔버스에 아크릴, 2010

p.044
눈 온 날, 60×30 cm,
캔버스에 아크릴, 2017

p.048
은행나무, 33×55 cm,
천에 자수, 2018

p.050
분갈이, 36×25 cm,
종이에 펜, 2015

p.052
무작정 당신이 좋아요,
24×33 cm,
캔버스에 아크릴, 2021

p.054
보석 같은 물줄기,
58×36 cm, 천에 자수,
2018

p.058
봉숭아꽃 물들이기,
32×32 cm, 천에 자수,
2018

p.060
엄마와 인형, 41×32 cm,
캔버스에 아크릴, 2020

p.062
소꿉놀이, 35×35 cm,
천에 자수, 2019

p.064
원피스, 24.2×24.4 cm,
캔버스에 아크릴, 2012

p.066
외출, 25.3×25.3 cm,
캔버스에 아크릴, 2012

p.068
눈 온 날, 35×35 cm,
천에 자수, 2016

p.070
오늘도 단잠, 32×41 cm,
캔버스에 아크릴, 2020

p.074
나의 마을, 41×32 cm,
캔버스보드에 아크릴, 1998

p.078
비 오는 마을, 41×32 cm,
캔버스보드에 아크릴, 1998

p.080
달빛 매화, 60×73 cm,
천에 자수, 2023

p.082
함께, 24×25.5 cm,
천에 자수, 2011

p.084
밥 짓는 법, 40×40 cm,
캔버스에 아크릴, 2017

p.086
빨래, 19×24 cm,
캔버스에 아크릴, 2015

p.088
달빛 장독대, 80×100 cm,
캔버스에 아크릴, 2023

p.090
입학식, 32×32 cm,
천에 자수, 2019

p.092
인형이 좋았다,
72.5×50 cm,
캔버스에 아크릴, 2014

p.094
인형 옷 파는 할머니,
65×53 cm,
캔버스에 아크릴, 2020

p.098
이모네 집, 91×73 cm,
캔버스에 아크릴, 2020

p.102
스노우맨, 53×46 cm,
캔버스에 아크릴, 2020

p.104
고운 이불, 35×35 cm,
천에 자수, 2018

p.106
할머니의 보물, 35×35 cm,
천에 자수, 2020

p.108
다락방, 50×50 cm,
캔버스에 아크릴, 2022

p.110
꽃 대궐, 91×73 cm,
캔버스에 아크릴, 2017

p.114
우리 모두의 아기,
32×32 cm,
캔버스에 아크릴, 2021

p.116
목욕하는 천사들,
45.5×27.5 cm,
캔버스에 아크릴, 2020

p.120
호피무늬 잠옷,
27.3×22 cm,
캔버스에 아크릴, 2013

p.122
가족회의, 40×30 cm,
캔버스에 아크릴, 2010

p.124
과일가게 아저씨,
80×53 cm,
캔버스에 아크릴, 2018

p.126
신선놀음, 15.8×25.7 cm,
캔버스에 아크릴, 2011

p.128
가을 소풍, 53×33.5 cm,
캔버스에 아크릴, 2013

p.130
내 영혼이 따뜻했던 날들,
65×91 cm,
캔버스에 아크릴, 2022

p.132
조그만 방, 45.5×38 cm,
캔버스에 아크릴, 2020

p.134
스노우맨 만나던 날,
100×73 cm,
캔버스에 아크릴, 2022

p.138
불꽃놀이, 91×117 cm,
캔버스에 아크릴, 2020

p.144
퇴근, 19×24 cm,
캔버스에 아크릴, 2013

p.146
피노키오 인형, 24×24 cm,
캔버스에 아크릴, 2020

p.148
별과 나 그리고 딸, 딸,
24×41 cm,
캔버스에 아크릴, 2013

p.150
교복 사던 날, 20×20 cm,
캔버스에 아크릴, 2011

p.152
달님이, 41×32 cm,
캔버스에 아크릴, 2017

p.154
할머니 방, 22×22 cm,
천에 자수, 2011

p.156
엄마와 아기,
11.5×16.5 cm,
천에 자수, 2020

p.158
노란 우산, 35×35 cm,
천에 자수, 2018

p.160
오리 손님, 33.3×24 cm,
캔버스에 아크릴, 2013

p.162
달팽이 놀이터, 24×41 cm,
캔버스에 아크릴, 2013

p.164
굿나잇, 41×28 cm,
캔버스에 아크릴, 2023

p.168
나나, 91×73 cm,
캔버스에 아크릴, 2020

p.172
머리카락 다듬기,
22×16 cm,
캔버스에 아크릴, 2010

p.174
푸른 나무 노란 들판,
27.3×22 cm,
캔버스에 아크릴, 2015

p.176
독감, 40×30 cm,
캔버스에 아크릴, 2014

p.178
애착, 17.5×12.5 cm,
캔버스에 아크릴, 2011

p.180
식은 밥 같은 할머니,
12.5×17.5 cm,
캔버스에 아크릴, 2010

p.182
가족사진, 45.5×33 cm,
캔버스에 아크릴, 2013

p.184
유리성 공주님, 33×24 cm,
캔버스에 아크릴, 2020

p.188
밤하늘 곰돌이, 30×60 cm,
캔버스에 아크릴, 2020

p.190
페인트 칠, 33.3×24.3 cm,
캔버스에 아크릴, 2013

p.192
기도, 19×24 cm,
캔버스에 아크릴, 2010

p.194
책 읽는 가족, 30×30 cm,
캔버스에 아크릴, 2018

p.196
목련, 41×60.5 cm,
캔버스에 아크릴, 2014

p.200
소꿉놀이, 22×22 cm,
천에 자수, 2014

p.202
토마토 밭, 72.3×50 cm,
캔버스에 아크릴, 2014

p.204
오이소박이, 22×16 cm,
캔버스에 아크릴, 2011

p.206
목욕, 22×22 cm,
천에 자수, 2014

p.208
채송화꽃, 22×22 cm,
천에 자수, 2013

p.210
산책, 65×91 cm,
캔버스에 아크릴, 2013

p.212
까만 김, 29×23 cm,
종이에 펜, 2015

p.214
그리움-성묘, 33.2×24 cm,
캔버스에 아크릴, 2012

p.216
분나 세레모니, 30×30 cm,
캔버스에 아크릴, 2015

p.218
수놓기, 40×20 cm,
캔버스에 아크릴, 2013

p.222
고맙습니다 서로 사랑하세요,
130×89.5 cm,
캔버스에 아크릴, 2014

p.224
0416, 24×33 cm,
캔버스에 아크릴, 2014

p.226
보고 자란다, 27.3×22 cm,
캔버스에 아크릴, 2013

p.230
생일선물, 32×32 cm,
캔버스에 아크릴, 2013

p.232
새 아기, 27.3×22 cm,
캔버스에 아크릴, 2011

p.234
고양이 숲, 53×33.3 cm,
캔버스에 아크릴, 2013

p.236
Let it be, 15×20 cm,
캔버스에 아크릴, 2013

p.238
월드컵, 27.3×22 cm,
캔버스에 아크릴, 2013

p.240
외할머니의 이불,
22×22 cm, 천에 자수,
2012

p.242
달밤, 30×40 cm,
천에 자수, 2021

p.244
DEAR MY STAR,
60×91 cm, 천에 자수,
2022

p.246
나의 마을, 41×32 cm,
캔버스보드에 아크릴, 1998

p.250
따뜻한 물, 33×24 cm,
캔버스에 아크릴, 2019

p.252
하모니, 50×32 cm,
천에 자수, 2019

p.254
눈 눈 눈, 60.5×91 cm,
캔버스에 아크릴, 2015

p.256
하늘공원, 45×15 cm,
캔버스에 아크릴, 2011

p.260
회전목마, 117×91 cm,
캔버스에 아크릴, 2023

행복이 이렇게 사소해도 되는가

1판 1쇄 발행 2023년 5월 8일
1판 3쇄 발행 2023년 6월 17일

지은이   강진이

발행처   (주)수오서재
발행인   황은희 장건태
책임편집   마선영
편집   최민화 박세연
마케팅   황혜란 안혜인
디자인   권미리

제작   제이오
주소   경기도 파주시 돌곶이길 170-2 (10883)
등록   2018년 10월 4일 (제406-2018-000114호)
전화   031 955 9790
팩스   031 946 9796
전자우편   info@suobooks.com
홈페이지   www.suobooks.com
ISBN   979-11-982196-3-3 03810 책값은 뒤표지에 있습니다.